CATHERINE BREILLAT

# Pornokratie

*Buch*

Es ist Nacht, in einer Diskothek: Fasziniert beobachtet eine junge Frau das erotische Spiel junger Homosexueller auf der Tanzfläche, doch sie weiß, dass sie den Mann, den sie liebt, für immer verloren hat. In einer Anwandlung von Zorn und Verzweiflung stürzt sie auf die Toilette, um sich die Pulsadern aufzuschneiden. Doch dabei begegnet sie einem Mann – einem schönen jungen Homosexuellen, der sich ihrer annimmt. Und plötzlich kommt ihr ein gewagter Gedanke: Wie wäre es, sich mit diesem Mann einzuschließen, fernab der Welt, und sich ihm in ihrer ganzen Weiblichkeit auszuliefern? Ist es mit ihm, der die Frauen nicht liebt, möglich, die Abgründe zu überwinden, die Mann und Frau trennen? Wird sie schließlich doch sein Begehren entfachen? Sie macht ihm ein lukratives Angebot für dieses Experiment, und der Mann sagt zu. Wenig später treffen sich die beiden wieder – in einem einsam gelegenen Haus am Meer, in der Nähe von Biarritz. Der Raum, in dem sie die nächsten Tage und Nächte miteinander verbringen werden, ist einzig möbliert mit einem Ledersessel und einem riesigen Bett, überzogen mit Bahnen blütenweißer Laken. Er nimmt Platz auf seinem Beobachterposten, und sie bietet sich ihm in ihrer Nacktheit dar. Und es beginnt ein höllisches Spiel, das alle Grenzen sprengt und Seele wie Körper der beiden einem Abgrund entgegenträgt …

*Autorin*

Catherine Breillat, geboren 1948, ist Regisseurin und hat neben Drehbüchern (u.a. für Federico Fellini) bereits mehrere Romane in Frankreich veröffentlicht. Ihre Bücher und Filme waren stets Gegenstand kontroverser Diskussionen, und seit ihrem Kinofilm »Romance« ist sie auch einem deutschen Publikum bekannt. Derzeit arbeitet Catherine Breillat an der Verfilmung von »Pornokratie«.

# Catherine Breillat

# Pornokratie

Aus dem Französischen
von Sabine Schwenk

GOLDMANN

Die französische Originalausgabe erschien 2001
unter dem Titel »Pornocratie« bei Denoël, Paris.

*Umwelthinweis:*
Alle bedruckten Materialien dieses Taschenbuches
sind chlorfrei und umweltschonend.

Taschenbuchausgabe März 2003

Umschlaggestaltung: Design Team München
Umschlagmotiv: Mauritius/Grafica
Satz: DTP Service Apel, Hannover
Druck: Elsnerdruck, Berlin
Verlagsnummer: 45359
CN · Herstellung: Heidrun Nawrot
Made in Germany
ISBN 3-442-45359-3
www.goldmann-verlag.de

1 3 5 7 9 10 8 6 4 2

Sie sind.

Sie sind nicht alle schön, aber sie haben Münder wie Mäuler, die sich gegenseitig verschlingen, fleischige Münder. Und markante Unterkiefer, in denen die Lippenmuskeln Halt finden, wenn sie sich mit männlichem Gestus strecken, um zu nehmen. Faunenmünder.

Eine Fauna von Mündern.

Es sind junge Kerle, die sich im Licht der Nacht küssen, Profil an Profil. Sie tanzen. Sie umgarnen sich. Sie nehmen den Körper des anderen in Besitz, als wäre er ein Stück ihrer selbst. Jeder ist ein Spiegel, und man spürt die gegenseitige Achtung, ja Liebe, die diese Begegnung zwischen Gleichen prägt, in der jeder stolz auf den anderen ist.

So viel Schönheit, die hier zusammentrifft, voller Stolz, sie selbst zu sein. Diese schönen Menschen brauchen, um in leidenschaftliche Erregung zu geraten, nicht mehr als jene scheinbare Zwillingshaftigkeit.

Im Übrigen ist es die Erregung, aus der die Schönheit erst erwächst, Schönheit und eine arrogante Zufriedenheit, *unter sich* zu sein, die seit Anbeginn der Zeit existiert. Wie anders, wie demütig sich das antike Gynäkeion dagegen ausnimmt, eine stille, schreckliche Verbannung.

Eine Wand am Ende der Tanzfläche ist ganz mit Spiegeln bedeckt, die ihre Bilder in die Menge werfen. Einige wagen sich dorthin, um selbstgefällig wie mit sich selbst zu tanzen. Laszív wiegt man sich in den Hüften, mit rhythmischen, aufreizenden Bewegungen. Ein Arm steigt hoch über den Kopf, eine schützende Geste oder Ausdruck der Hingabe. Als läge der Tänzer in einem Bett und betrachtete sein aufgestelltes Spiegelbild, dessen hochgestreckter Arm die Achselhöhle mit ihrem krausen, von Schweißperlen glitzernden Haar entblößt, ein Vorgeschmack auf jenes, das die Leistengegend bedeckt.

Hinter dem Arm ein Blick, der sich nicht entzieht, sich vielmehr preisgibt; das Strecken des Halses zeugt von Kraft und lässt die starken, von der Anstrengung des Tanzens geschwollenen Venen, wie sie nur junge Kerle haben, hervortreten.

Und dann die Lippen, feuchtglänzend von jenem Speichel, der bekanntermaßen einen durchsichtigen, mit Luftbläschen gesprenkelten Faden ziehen kann, gleich einem Spinnenfaden. Der Mund, ein feuchter Schlund von beängstigender Schwüle, die Zunge glimmernd und geschwollen, oben wie poliert, doch an ihrer intimen Unterseite uneben wie die Schleimhaut einer Frau; all das muss man mit eigenen Augen sehen, auch den erstaunten, keineswegs sanften Blick, der auffordernd, mit arglistigem Schalk hinter den kurzen, dicht an dicht geschwungenen Wimpern aufblitzt.

Zerbrechlichkeit ist das nicht. Nein. Es ist eine Art männlicher Fraulichkeit, die sich selbst anbietet, ungestraft.

Sie haben das, was wir nicht haben. Und was wir haben, das haben sie uns entrissen, um hier ihre Spiele miteinander zu treiben. So bin nun auch ich auf der Suche nach ihnen, in diesem Spiegelspiel. Diesem Spiegel, der tief ins eigene Fleisch schneiden kann.

Diesem Spiegel, der mich in meiner Einsamkeit erstarren lässt.

Der sagt, dass ich die einzige Vertreterin meiner Art bin, einer Art, die sich längst überlebt hat. Einer Art, die sich rasch vermehrt, jedoch verbannt wurde in die Klöster der Boshaftigkeit jener Männer, die die schlimmsten sind, jener Männer, die vorgeben, die Frauen zu lieben und sie in Wahrheit in den traurigen Boudoirs ihrer Erinnerung sammeln, an den Haaren aufgehängt und mit grünen Beulen an den Schläfen, auf dass sie das Denken verlernen. Ihre Eroberungen sind Hoheitsgebiete, Land, das es zu pflügen gilt. Stoß um Stoß.

Wir aber, wir hören nicht auf, den Preis für ihre Liebe zu zahlen. Sie kennen den Schlund, der zwischen unseren Beinen klafft. Er ist ihre Höhle, und sie allein wollen die vierzig Räuber sein.

Sie sagen, dass wir, wenn wir das nicht verschweigen können, ja weil wir das nicht verschweigen können, Frauen sind und somit das, was man uns zugefügt hat, nicht anders verdient haben. Das aber, was man uns zugefügt hat, ist ein Schmerz, den wir uns rasch zu Eigen gemacht haben, um unseren Ausdruck von Hoffnung daraus zu formen. Denn wir wollen nicht geliebt, sondern betrachtet werden, und wer dem anderen etwas zufügt, der betrachtet ihn auch ein wenig.

Und während sein Blick auf uns ruht, sagt er, dass wir nichts sind im Vergleich zu ihm, der diesen vor Kraft strotzenden Stachel trägt.

Ihn nicht trägt wie einen Pfeil, der den Weg zum Göttlichen im Menschen weist, sondern wie einen Dolch, der das unermesslich Große, das Gegenteil seiner selbst, zu töten sucht.

Denn das Geschlecht der Frauen ist weitaus größer als das der Männer, darin ist es Fülle, und sie sind nichts als Leere.

Das ist der Grund, warum sie sich untereinander lieben, sich so unbeirrbar zueinander hingezogen fühlen, weil sie sich gegenseitig Kraft geben, Trost, und darin kann man eine Art Verletzlichkeit sehen. So ist auch zu verstehen, warum sie mir keine Beachtung schenken, so ausschließlich mit sich selbst beschäftigt sind: Es liegt an jener Verletzlichkeit, die mit der Hoffnung einhergeht, man könne das ursprüngliche Chaos wieder herstellen, jenes Chaos, dem das Licht entspringt, sofern man die Geduld aufbringt, den Schmerz der Finsternis zu ertragen, der manchmal ewig anzudauern scheint.

Der, den ich liebe, ist der Schönste von allen, ein Ephebe mit dem scharfen Profil eines Drachenfischs.

Es tut mir weh, ihn tanzen zu sehen, zu sehen, wie er sich den anderen anpasst.

Er kann nicht anders. Er liebt mich, aber er liebt keine Frauen, wenigstens weiß er das, und was sich hier abspielt, ist somit kein Verrat, sondern die langsam eintretende Wirkung eines Gegengifts.

Unter all diesen Kerlen ist nicht ein einziger, der mir Beachtung schenken würde. Ich kann sie ungestraft mit den Augen verschlingen, sie merken nichts, sind viel zu sehr miteinander beschäftigt und damit, den anderen zu nehmen wie ein Modell, das man sich aneignet und zu verstehen sucht, um letztlich vielleicht das zu werden, was der andere selbst nicht ist.

Lasst uns diese werdenden Männer bewundern,

ihre Arroganz, ihren Lebensdurst und ihren Drang nach Konfrontation; ohne es selbst zu wissen, imitieren sie das abscheuliche Kampfgetümmel der Spermien im fruchtbaren Uterus einer Frau. Nur einer wird das Leben erringen, welch ein Bild, wie alle sich balgen, sich belagern, voller Kraft, Energie und Selbstvertrauen. Wie freudestrahlend sie einander lieben, mit einer Begierde, die sie bei einer Frau nur zögernd und voller Verachtung überkommt. Als wären wir Frauen nichts als Schwämme, irgendwo angesiedelt zwischen Tier- und Pflanzenreich.

Die Frau, die ich nun einmal bin, hier an diesem Ort, muss wahrlich leiden.

Aber ist sie nicht ohnehin seit jeher nur aus diesem Grunde hier?

Um sich ihrer Abwesenheit bewusst zu werden, wie sie von jenen Männern beschlossen wurde. Sich darüber bewusst zu werden, dass sie für jene Männer tatsächlich nicht zählt.

Und sollten sie ihrer Gegenwart schließlich doch gewahr werden, so wird das noch schlimmer sein; es wird nichts als beißenden Spott entfachen.

Dabei ist sie hübsch, diese Frau, die ich bin, man könnte fast sagen ungewöhnlich schön, mit ihrem Haar, das ihr ein wenig ins Gesicht fällt, ihrer Blässe, die so zart ist wie der Beginn eines jungen Lebens. Sie sehen nicht, welche Unschuld sie ausstrahlt, dass ihr

Mund so verletzlich ist wie der eines Neugeborenen und dass jedes noch so kurze Erschaudern bei ihr so hinreißend ist wie die Musik des Windes.

Sehen sie denn nur sich selbst?

Sie sehen es nicht, denn sie selbst sieht sich nicht.

Ihr Äußeres ist wie ausgelöscht, denn die innere Verletzung nagt an ihr wie alles, was abstoßend an ihr ist, und das höhlt sie in ihren Augen und vor aller Augen vollkommen aus. Man hat ihr gesagt, sie solle sich benehmen und kein Wort darüber verlieren.

Wenn Ihr Euch also fragt, warum sie so dasteht, mit aneinander gepressten Oberschenkeln, dann solltet Ihr wissen, dass sie alles tut, um sich zusammenzureißen, so wie Ihr es ihr vorgeschrieben habt, auch wenn sie sich damit selbst zu einer Todgeweihten macht, starr vor Angst, die Aufmerksamkeit wieder auf jenes grauenvolle Detail zu lenken, das einer eitrigen Wunde gleicht:

Sie hat und verkörpert das Geschlecht einer Frau.

Das ist schlimmer als das Auseinanderklaffen der Ozeane, als die Kontinente sich voneinander lösten.

Diese gähnende Öffnung ist ein Schlund.

Und die Vorstellung, dass dieser Schlund ihren jungen, geschmeidigen Körper völlig ausfüllt, die Vorstellung, solch ein lebendiger Abgrund zu sein, lässt sie erstarren.

Im Profil sieht man all ihre runden Gesäßbacken, die sich deutlich abmalen unter den hautengen, tief sitzenden Hosen – das ist gerade modern –, und man sieht die sich wölbenden Hosenschlitze, hinter denen Schwanz und Eier prangen.

Das hat nichts Obszönes, denn man kann es ja sehen.

Es ist offenkundige Begierde. Schwänze, die man vor dem Akt oder danach unters Wasser halten kann, die nach Toilettenseife duften werden.

Sie kam mit einem von ihnen, der ihr Verlobter ist und sie auf der Stelle im Stich ließ, um sich *ein bisschen zu amüsieren*, ein in dieser Epoche äußerst verbreiteter Wunsch, bei dem man sich eigentlich nichts Böses denken muss.

Zuerst machte sie einigermaßen gute Miene dazu, vor dem kalten Spiegel das Mauerblümchen zu spielen, dort, wo die Kerle nur sich selbst betrachteten. Doch dann sah sie ihn lachen, sah ihn so fröhlich, wie er es mit ihr niemals war, drum nennt man sie wohl *Gays*. Bestimmt. Sie sind fröhlich, weil sie die Weiber nicht lieben können.

Und das Weib ist sie.

Sie steht hier für all jene, die man nicht lieben wird, wie soll sie da dem Mann, der ihr Verlobter ist, die einzige Hoffnung rauben, die ihn am Leben hält, die Freude, jemanden zu umgarnen, der ihren Part übernehmen kann?

Denn sie ist letztlich nur Statistin und wartet vergeblich auf einen Einsatz.

Nein, das kann sie nicht, denn es hieße, sich dem Lauf der Dinge entgegenzustellen.

Schön ist er also, kalt wie eine Ätherflamme, und wärmt sich an den Kerlen auf – jugendliche, finster dreinblickende Homo-Gigolos, die seine Lebensglut schüren, weil es ihnen von jeher gelingt, sich jenes leise, böse Funkeln zu bewahren, das einen erst zum Mann macht und das, so hofft er, auf ihn überspringen wird, damit er überleben kann. Dann wird er vielleicht die Augen aufschlagen können und mit trägem, starrem Blick für einen kurzen Moment seine Verlobte in ihr erkennen.

So boshaft wie die anderen Männer ist er nicht, doch er kann nicht mehr für mich tun, kann mich nicht mehr lieben als so.

Das weiß ich und auch, dass er der Verlobte ist, den ich mir auserkoren habe.

Das Ausbleiben dieses lang ersehnten, beinahe unmöglichen Blickes ist niederschmetternd, denn auch mein Mut kennt Grenzen.

Und plötzlich ist es so, dass dieser Blick mir ganz besonders fehlt.

Ich überlasse es Ihnen zuzusehen, wie sie sich küssen, ein ungewöhnlich schöner, wenn auch selten grausamer Anblick, derweil stehle ich mich davon, kratze, wie man so schön sagt, die Kurve.

Ich gehe hinunter; die Stufen sind zum Glück von einem schwarzen Teppichboden bedeckt, denn ich taumele, drohe zu stürzen, und damit wäre alles aus und vorbei.

Auf der schmalen Treppe, auf halbem Weg zwischen oben und unten, wo sich, bescheiden und diskret die Toiletten befinden, streife ich, ja presst sich mein Körper an einen Burschen in Schwarz, mit blondem, vielleicht etwas schütterem Haar, und vielleicht ist er auch nicht mehr ganz so jung, wie es den Anschein hat. Womöglich ist das der Grund, warum sein Körper an meinem Körper haften blieb und aus dieser leichten Berührung, so unerhofft an diesem Ort, eine Begegnung wird. Denn auf den ersten Blick hat er erkannt, dass mich der Tod heimholen wird, dass diese Frau in ihrem kurzen Samtkleid Vertreterin einer im Aussterben begriffenen Art ist.

So ist er mir begegnet.

Damentoiletten gibt es nicht, so findet sie sich plötzlich vor einem Pissoir wieder, in gebückter Haltung.

Das Haar fällt ihr ins Gesicht wie ein Platzregen im Frühling.

Die Luft ist zum Schneiden. Die Zeit steht still.

Später, in der rund um die Uhr geöffneten Apotheke, *Place Clichy*, wo er mir das linke Handgelenk verbunden hat, wollte er wissen, warum ich das getan habe.

Weil ich eine Frau bin, antwortete ich.

Er hat gesagt, das verstehe er nicht.

Demnach verstand er es also. Denn wenn auch er es nicht wusste, wozu war es dann gut, eine Frau zu sein?

Wozu?

Bevor all dies geschah, muss der Unbekannte auf der Treppe umgekehrt sein, denn wenn die Körper zweier Menschen sich leicht berühren, erfährt man stets etwas über ihr Schicksal, und so hatte er eine Art Eingebung, die einer bedeutungsschweren Warnung glich.

Dann hatte er sie angesehen, und er hatte begriffen.

Es erstaunte ihn, dass er eine Frau ansah, und er war ihr dankbar dafür.

Denn er hatte noch nie eine Frau angesehen.

In dieser Hinsicht war er unberührt.

Später fragte ich ihn, wie er sie hatte ansehen können.

Er antwortete, das hat der Körper so gewollt, es

war ein tastender, nicht steuerbarer Blick. Dann war es also Schicksal, dass ihre Wege sich gekreuzt hatten auf jener engen Treppe, die er erklomm, nachdem er sich auf der Toilette einen hatte blasen lassen. Von einem dieser dürren, ausgemergelten jungen Kerle mit aschgrauem Gesicht und düsterem Blick, die dich ausrauben oder dir einen Dolchstoß versetzen, kaum dass du ihnen den Rücken kehrst. Davor muss man sich in Acht nehmen, sie bei der Gurgel packen und nicht aus den Augen lassen, während sie sich an deinem Schwanz zu schaffen machen, ihn mit aufgerissenem Rachen verschlingen wie eine Schlange, die eine Beute schluckt, die fast größer ist als sie selbst, der Körper wie ein biegsames Band, kein Hintern, keine Arschbacken in der weiten Jeans, Sukkubus, Ephebe und Kind in einer Person, Verkörperung des pädophilen Wahns einer Selbst-Besamung. Besamen, was schon fertig ist, das Werk vollenden.

»Nur Kerle können Männern einen blasen?«, murmelte ich, denn das hatte mir mein Verlobter schon gesagt.

JA, DAS LÄSST SICH NICHT LEUGNEN. JA.
Das ist nun einmal so.

»Auch ein noch so unbedarfter Kerl kann es besser als ich?«

»Auch ein noch so unbedarfter Kerl.«

»Wie kann das sein, und wie viel Raum bleibt da für Zärtlichkeit?«

»Kein Raum. Zärtlichkeit ist ohnehin nicht das, was diese Kerle erwarten.«

»Was erwarten sie?«

»Zerstörerische Bosheit, denn sonst müssten auch sie die Bosheit, die sie in sich tragen, wie eine im Krieg errungene Trophäe, über Bord werfen.«

»Führen sie denn Krieg?«

»Ja. Gegen die Frauen, weil sie schwächer sind, und so reiben sie ihre Kräfte im Kampf gegen die Frauen auf.«

»Und das nehmen sie ihnen übel?«

»Ja. Weshalb sogar der unbedarfteste Kerl immer noch besser ist als eine Frau.«

Und außerdem, fügte er mit Kennerlächeln hinzu, sei den mageren, fleischlosen Körpern dieser Homo-Gigolos eine Kälte und Starre eigen, die eine Herausforderung darstelle.

»Das liegt daran, dass ihr euch in eurer Gleichartigkeit verschließt«, erwiderte sie. »Ihr Männer seid zu, bei uns ist alles offen und im Fluss. Das macht den Körper weich, verändert das Gemüt, die ganze Persönlichkeit. Dass ihr uns als obszön empfindet, ist blanker Neid, denn das, was ihr nicht habt, nennt ihr obszön, dabei ist es in Wahrheit ein euch bislang verwehrtes Königreich.

Das zärtliche Umfangen der Welt, zu dem wir in der Lage sind, ist euch unbekannt, und was ihr als Obszönität bezeichnet, ist eine uneingeschränkte Fähigkeit zur Kopulation.«

Der junge Mann, auch wenn er so jung gar nicht war, nickte leise.

Er verstand diese Sprache nicht, die ihn selbstverständlich überstieg, er war nur unfreiwillig damit konfrontiert worden, dass es hier ein Leben zu retten galt, jenes Leben, das ihn im Vorbeigehen flüchtig berührt hatte und hinabgestiegen war, um sich die Venen zu öffnen, und vielleicht bereute er jetzt schon, dass er den Tod einer Vertreterin jener Spezies verhindert hatte, die nicht die seine war und ihm nichts geben konnte.

»Dabei könntet ihr doch Mitleid empfinden, echte Rührung, ich verstehe nicht, wie ihr euch der Wahrheit so hartnäckig verschließen könnt«, herrschte sie ihn an. »Meine Verletzung hier bedurfte keiner Behandlung, denn das Blut, das aus dieser Wunde lief, war sichtbar.

Gefährlich ist erst das Blut, das im Verborgenen fließt.

Denn mit ihm entschwindet mein Leben. Helfen Sie mir, Sie sind doch hilfsbereit. Ich verstehe rein gar nichts mehr. Wer ich bin, wohin ich fliehe.«

Die Spiegel genügen nicht. Sie eignen sich nicht für Schicksale, wie wir sie kennen, wir Frauen, die wir Monat für Monat Blut im Überfluss hervorbringen. Und auch dafür verurteilt ihr uns.

Das einzige Heilmittel wäre der forschende Blick eines ehrlichen Mannes, der keine Angst hätte, die Wahrheit über das zu sagen, was er sieht. Die Wahrheit, die den Männern ein Gräuel ist.

Denn es gibt kein anderes Heilmittel, als diese grauenvolle Wahrheit auszusprechen.

Aber die Männer sehen uns nicht. Sie nehmen uns, sie vergewaltigen uns. Frauen *haben*, nennen sie das, aber sie haben nichts. Ich bin keine Frau, sondern bloße Abwesenheit. Ich habe mich selbst noch nicht erkannt, habe die Vorhölle nicht verlassen, an meiner Wäsche klebt Blut, seht nur, wie dünn dieses Blut ist, mit solchem Blut kann man kein annehmbares Leben führen. Was mich unterhalb der Armutsschwelle des Lebens hält, ist etwas, das seit Jahrhunderten über uns schwebt, bedrohlich wie ein Schutzadler mit stählernen Fängen.

Von ihm muss man mich befreien.

Dieser Adler seid ihr, jeder von euch, sobald ihr zu eurem Mannsein gefunden habt.

Ihr habt das Glück, die Frauen nicht zu lieben, boshaft seid ihr noch nicht.

Ihr übt euch darin, aber ich lese in eurem Blick, dass alles Üben vergebens ist.

Er sagt, wenn ich die Wahrheit sagen würde, brächte ich ihn zur Verzweiflung.

»So ist das nun einmal, es ist nicht Ihre Schuld, Sie werden so geboren.«

»Wozu soll es dann gut sein?«

»Dazu, mit mir zusammenzutreffen. Wenn Sie die Frauen nicht lieben, gibt es noch Hoffnung.«

»Was erhoffen Sie sich?«

»Wissen. Denn nur Sie können mich ansehen, gerade weil Sie die Frauen nicht lieben. Ich meine, mich unvoreingenommen ansehen.«

»Worum geht es?«

»Darum.

Dass Sie mich da betrachten, wo ich mich jedem Blick entziehe.

Sie brauchen mich nicht zu berühren. Ihre Aussage reicht.«

»Das wird teuer«, sagte er.

So kam der Handel zustande.

Da ist nun also dieser Mann, der nicht wirklich zur Spezies Mann gehört, eine Art alternder Engel, der zu diesem unredlichen Rendezvous erschienen ist.

Er wusste nicht, was ihn erwartete, aber im Bilde war er schon.

Solch ein *In-die-Enge-getrieben-sein* hat immer einen unwiderstehlichen Reiz, da ihm die Macht der Versuchung innewohnt; diese geheime, verborgene Macht, die uns am Leben hält. Denn Leben bedeutet immer, dass man es mit dem Tode treibt, dass man sich einlässt, ohne zu wissen warum; denn auch die Unschuld stellt, wenn man ein Mann ist, eine Versuchung dar. Das ist der fluchbeladene Trieb, der Ruf der Finsternis.

Es ist das, was uns als Kinder beim Lesen furchterregender Märchen vor Angst und Hoffnung, dass sie Wirklichkeit werden, erschaudern lässt. Es macht ihn krank und glücklich, hier zu sein, als wäre es das *unaufhörlich Neue*.

Das ist es: Er hat geklingelt, sie hat ihm aufgemacht.

Sie ist schön, mit ihrem braunen Haar, etwas zu jung, um Frau zu sein, doch auch kein Teenager mehr.

Sie ist Vertreterin einer modernen Rasse, halb Engel, halb Wölfin, von einer schillernden Schwäche, aus der sie ihre größte Kraft zieht.

Sie hat ihn direkt ins Schlafzimmer geführt.

In der Mitte steht ein breites Bett, auf dem die Wäsche zerwühlt ist, aber unbefleckt – einfache, weiße Bettlaken aus Baumwolle, eigentlich die preiswertesten, die es gibt, die Reinigung nimmt sie für fünf Francs weniger als bunte Betttücher. Dennoch symbolisieren sie Reinheit und Luxus.

Denn sie werden so schnell beschmutzt, dass sie ein Aufwand sind, ständiger Pflege bedürfen, so viel Weiß, von dem das Zimmer durchflutet wird wie von einem mysteriösen Licht. An den Wänden keine Bilder, das einzige Möbelstück ein Clubsessel aus hellem Leder.

Das Mädchen, denn es ist ja nun einmal ein Mädchen, ein leichtes Mädchen, könnte man sagen, wenn man als Mann der Begierde, die diese Kreaturen erwecken, mit einer gewissen Gehässigkeit entgegentritt (und das Wissen um die eigene Ungerechtigkeit ein Mitleid erweckt, das wiederum das Bewusstsein stärkt, selbst ein Mann zu sein) – das Mädchen also hat sich noch nicht entkleidet, sich noch nicht in einen hauchdünnen, glänzenden Seidenkimono gehüllt, der schimmert wie das Wasser, in dem Ophelia aus dem Leben schied; nein, es trägt einen modernen Schutzpanzer aus Jeans, T-Shirt und Schuhen, eine Art Schlappen – wie jede x-beliebige Studentin, die sich nicht um ihr Aussehen schert.

Dabei geht es doch darum.

Er ist gekommen, um ihr Äußeres einer Prüfung zu unterziehen, sie zu taxieren und zu erfahren, ob es das ist, was man die obszöne Obskurität des Verbrechens nennt.

An den genauen Wortlaut erinnert er sich nicht mehr, er hat vor allem den Preis ausgehandelt: für alles, was einem zuwider ist, braucht es eine angemessene Entschädigung.

Erst für das Doppelte ihres ursprünglichen Angebots hat er eingewilligt, was ein hübsches Sümmchen ist, und so weiß er, dass das, was ihn erwartet, etwas mit Abscheu zu tun hat.

Das ist es, das Aufpeitschen einer morbiden Begierde.

Man kann sich nicht ändern, ein streunender Hund beißt auch das Herrchen, das ihn aufgelesen hat, und wird immer ein streunender Hund bleiben.

Sie macht ihn darauf aufmerksam, dass er etwas zu früh gekommen sei und sie daher keine Zeit hatte, sich auszuziehen. Aus der Art und Weise, wie sie das sagt, spricht die Aufforderung, ihr nun zu helfen.

Er weigert sich, betont, dass er dafür nicht gekommen sei, sondern lediglich, um sie zu betrachten, und dass ihr Haus am Meer einsam gelegen sei, weit entfernt vom Ort ihrer Begegnung, und dass er, um zum nächsten Bahnhof zu gelangen, von den Fahrzeiten der Züge abhängig gewesen sei, dann noch ein Taxi nehmen musste und insofern wenig Einfluss auf seine Ankunftszeit gehabt habe.

Und somit sei er gezwungen, das mit auf die Rechnung zu setzen, um nicht selbst draufzahlen zu müssen.

»Was bedeutet Geld schon«, sagt sie. »Ich zahle.«

Er nimmt auf dem einzigen Sessel ihres Zimmers Platz und legt seine Hände auf die breiten Armstützen.

Lange verharrt sie unter seinem Blick, regungslos.

Als das Schweigen schließlich so spürbar wird, dass es beinahe schon in Hass umschlägt, fängt sie an.

»Endlich«, sagt er.

Es war Zeit.

Sie streckt die Arme über dem Kopf in die Höhe, lässt das erste Kleidungsstück zu Boden gleiten. Dann fährt sie mit trotziger Langsamkeit fort, und bald wird ihr Körper sichtbar, mit Druckstellen in der Taille und auf Höhe des Büstenhalters, rote, leicht geschwollene Flecken, wo die Gummibänder das Fleisch quetschten.

Natürlich empfindet sie eine gewisse Scham, sich so zu entkleiden, und auch eine fast krankhafte Unfähigkeit; gleichzeitig aber auch eine peinigende Lust, die sie zwingt, die Sache durchzuziehen, auch wenn sie sich bemüht, den Striptease so eintönig und trostlos wie möglich zu gestalten.

Was sie fürchtet, ist das Ende, auf das alles hinausläuft, nicht weil sie sich nackt unter dem verächtlichen Blick eines fremden Mannes wiederfinden wird, sondern weil diese Erniedrigung eine Erregung in ihr weckt, die ihr den Atem verschlägt, und weil sie Angst hat, dort anzulangen, wo alles aufhört, ihr alles sozusagen wieder genommen wird. Und es ist so, als würde ihr ganzes Leben für die Dauer dieses erbarmungswürdigen Stripteases innehalten.

Sein Blick, dessen Gleichgültigkeit sie wie zu Eis erstarren lässt, ist doch von einer Feindseligkeit durchdrungen, an der sie sich innerlich verbrennt.

Mit welcher Arglosigkeit er die ersten Worte ausspricht, zu denen er sich verpflichtet hat, im Glauben, mir das immerwährende Elend der Weiblichkeit zu offenbaren, jenes Elend, das sich infam hinter unseren makellosen, wie aus Marmor gehauenen Formen verbirgt.

Jenes Elend, das man *die Wunde* nennen mag.

Und weil wir verabscheuungswürdige Wesen sind, genießen wir es wohl insgeheim, wenn wir in euren Augen aufhören, schön und glatt zu sein, genießen es, euch in schamloser Weise an unsere eitrigen, ekelerregenden Gestade zu ketten.

Die Dummen sind wir nicht, denn in Wirklichkeit sind wir die Jägerinnen.

Mit dieser Scham, die ich empfinde, während ich mich entkleide und linkisch die roten Abdrücke der Gummibänder auf meinem zusammengeschnürten Fleisch zur Schau trage, ist es insofern so, als wäre das Ganze ein Spiel, bei dem es darum geht, ihn zum Sprechen zu bringen. Sprechen mit der Selbstsicherheit und dem doktrinären Ernst, der in jeder Männerstimme liegt und nicht nur auf das mehr oder weniger ausgeprägte Baritontimbre der Männer zurückzuführen ist (wobei schon ein direkter Zusammenhang besteht zwischen dem dunklen Klang, den die Natur dem Stimmorgan der Männer zuerkennt, und ihrer tiefen Überzeugung, dass sie selbst die besten Ausdeuter der Welt sind; als wäre allein die Ernsthaftigkeit, mit der sie das Leben erörtern, schon Beweis genug für ihre männliche Wichtigkeit). Es geht also darum, ihn zum Sprechen zu bringen, und er glaubt wirklich, dass er dafür bezahlt wird (dafür, ihr etwas zu offenbaren, dabei freut sie sich gerade über das Wiederkäuen, über die alte Leier, die immer wieder die gleiche Erregung in ihr hervorzurufen vermag).

»Sie sehen es ja selbst«, sagt er, »das Fleisch ist mürbe und allzu leicht zu beschädigen, und diese Empfindlichkeit des Fleisches muss Ekel hervorrufen oder Brutalität, weshalb ihr Frauen von dem einen oder dem anderen abhängig seid.«

Auch er hat diese dunkle, ernste Stimme, wenn auch mit einem melodischen Klang, der sicher aus Italien stammt, und er beginnt das zu sagen, was sie alle sagen.

Sie weicht zum Bett zurück, ist aufgewühlt durch diesen Auftakt, der so ganz ihre Erwartungen erfüllt, und flüstert:

»Warten Sie, Sie sollten Nachsicht üben, es gibt durchaus Schlimmeres.«

Im Sopran jeder Kind-Frau schwingt eine jubelnde Fröhlichkeit mit, wie die eines Vogels, der sich aus Übermut von unsichtbaren Luftwirbeln mitreißen lässt.

Es ist reine Heimtücke. Die Frauen haben keine Unschuld, sondern die Macht, unschuldig zu erscheinen.

Seht nur, wie dieses Exemplar hier sich ausstreckt auf dem zerwühlten Bett, zwischen Decken und Laken, ein Arm hinter dem Kopf, und dann ihr Körper mit all dem quellenden Fleisch, den Beinen, die sie in nervtötender Ungezwungenheit unmerklich spreizt, den Beinen, die diese Mädchen offenbar nie ganz aneinander pressen können – obwohl doch gerade Prüderie und Pein bei ihnen ein uralter, tradierter Reflex sind. Aber diese leichte Ungezwungenheit ist einfach da, ein unverhofftes, kaum merkliches Beugen des linken Knies (welches am weitesten vom Betrachter entfernt ist), durch das ein erster Eindruck von der Laszivität vermittelt wird, die den Frauen eigen ist.

Das Verlangen, zu zeigen, was im Verborgenen liegt, ist das erste, abstoßende Prinzip der weiblichen Schuld, hier liegt die größte Schändlichkeit der Frauen. Es ist das, worauf der Mann Acht geben muss und was ihm auferlegt, die Macht über diese armen, geschlitzten Wesen, die so gern die innere Unwürdigkeit nach außen kehren, an sich zu reißen.

Das sind die Dinge, die sie sagen, im Namen des Gesetzes.

Dieses Gesetzes, das sie nach ihrem Gutdünken geschaffen haben.

Schlecht wie sie selbst.

Schlecht wie sie selbst und gegen die Frauen gerichtet, denen sie mit angeborenem Obskurantismus entgegentreten.

Denn sie bilden sich ein, zu verstehen, ohne teilzuhaben. Doch verstehen, ohne zu verschmelzen, ist unmöglich.

Er aber ist anders. Seine Unschuld gegenüber den Frauen könnte größer nicht sein, und sein Blick ist noch leidenschaftslos.

Und doch ist er gezwungen, ihr zu sagen, was er konstatiert:

Dass sie nicht das Geringste von ihm erwarten kann und dass es trotz allem so aussieht, als hätte sie sich dargeboten, als bettelte sie um etwas, das entweder Zärtlichkeit ist oder der Tod. Etwas, das alle Erwartungen auf einen Schlag hinwegfegen würde.

Ich schließe unmerklich die Augen, ein wohliger, aus dem Schrecken geborener Schauder überläuft meinen Körper.

Es ist erschreckend, wie beide diese Lust am Leiden gleichermaßen wahrnehmen und in Verzückung geraten bei der bloßen Vorstellung, dass etwas Schreckliches geschehen könnte.

Das Fleisch ist verderbt, man muss es aufschneiden, zerfetzen, ausbluten lassen. Die Boshaftigkeit ist legitim. Das ist die Bedeutung dieses milchig-weißen Körpers, so krankhaft hell. Das ist es, was seine bebende Passivität zu fordern scheint. Welch unaussprechliche Erwartung.

Diese Erwartung
ist unerträglich
für den Mann.

Gewiss weil sie ihm seine Schwäche deutlich vor Augen führt und ihm klar macht, dass er dem, was man von ihm erwartet und fürchtet, niemals gewachsen sein wird.

Denn jede Erwartung wird zwangsläufig enttäuscht.

So ahnen also jene, deren herrische Manneskraft grundsätzlich den Sieg davonträgt, dass sie diese Erwartung nicht erfüllen können, wie groß ihre Liebe oder ihr Hass auch sein mögen, genauso wenig wie ihre Ruten das Geschlecht der Frau jemals füllen können; denn es ist dafür geschaffen, sich in der Fortpflanzung auszudehnen.

Kein Glied kann sich anmaßen, die Größe des Sohnes zu erreichen, den es zeugt.

So ist all ihre verbissene Anmaßung umsonst; sie ist nichts anderes als das wütende Stampfen eines Kindes, dem bewusst wird, dass es die Welt nicht beherrschen kann, sondern ihr unterworfen ist.

Gerade in der Schwäche des weiblichen Körpers liegt seine große Kraft. Sein stiller Fluch gleicht dem Befehl, ihn so weit und so heftig wie möglich zu penetrieren.

Es gibt keine festgesteckten Grenzen.

Und der Mann kann tun, was er will, so oder so wird er zu spät gekommen sein und sich vergebens mit der Kühnheit und Größe seines Ständers brüsten; er kann nicht verhindern, dass tief in seinem Inneren eine fürchterliche Ahnung keimt: die Ahnung, vollkommen nichtig zu sein.

Und schon wird auch seine Wut allzu vorhersehbar, denn im Glauben, sie gegen die Frauen zu richten, ist er in Wahrheit selbst die Zielscheibe. Er selbst und sein Geschlecht, das so bedeutungslos ist im Vergleich zu jenem Geschlecht, das er nicht sehen kann und das ihn dennoch verschlingt.

Denn was er auch tut, es wird ihm nicht gelingen, uns zu überrumpeln. Selbst wenn er auf seine Grausamkeit setzt und dabei entdeckt, dass sie bestialisch sein kann, von maßloser Brutalität; all das ist nichts anderes als die Unterwerfung unter ein Muss. Denn jemand, der einer Erwartung entsprechen muss, verfügt über keine Willensfreiheit. Und genau das macht die Männer noch erbitterter in ihrer Boshaftigkeit, genau das ist der Grund, warum wir sie fürchten müssen.

»Ja, das ist es«, sagte ich. »Zwischen Anbieten und Nehmen liegt immer eine Ewigkeit. Es ist das, was wir die große, erste Enttäuschung nennen. Allem, was folgt, fehlt die Natürlichkeit; alles ist falsch, stets spürt man das Bedürfnis, mit Raffinesse etwas wettzumachen, und den Schmerz einer übereilten Brutalität.«

»Sie reden zu viel«, sagte er. »Und Ihre Worte sind voll von ungelenken Vorwürfen. Wenn Sie reden, werden Sie außer dem Schrecken, den Sie sich selbst einflößen, nichts erfahren.«

So schwieg sie für eine Weile.

Unmerklich sinkt der Körper immer gelöster hin.

Die Augen gewöhnen sich an das Dämmerlicht, und was sie suchen, ist das dunkle Dreieck, hinter dem sich das Geschlecht jenes Körpers verbirgt, ein Geschlecht so unsichtbar im Vergleich zu dem, das ihn und seine Kollegen auszeichnet; es ist ein Mangel, der ihn jählings so etwas wie Mitleid empfinden lässt.

Natürlich ist dieses Mitleid nicht barmherzig, sondern ein Mitleid, das wie der Sperber lauernd und mit scharfem Blick über dem Ort schwebt, an dem sich der Mord ereignen wird.

Zunächst aber muss er ihr noch eines sagen: An ihrem nackten, weichen, schönen Körper ist nur eins, was den Blick eines Mannes fesselt: der von scheußlichem

Kraushaar bedeckte schwarze Wimpel ihres Geschlechts, unterwürfig wie der gekrümmte Rücken eines Sklaven, der nach Bestrafung und Schlägen schreit.

Und jetzt, da sie in sanfter Hingabe die Arme über dem Kopf hochgestreckt hat, kann er ihr sagen, dass die beiden dunklen, gekräuselten Büschel unter ihren Achseln ihm wie ein Echo erscheinen, das die unheilvolle Macht des pubischen Dreiecks auf ihren ganzen Körper überträgt.

Dieses unheimlichen, schwarzen Dreiecks, das in Lilith, der ersten Menschin, seinen Anfang nahm.

»Hätte ich mir die Achselhöhlen rasieren sollen?«

»Rasieren Sie, so viel Sie wollen«, spottet er. »Sie können auch Ihren Schlitz enthaaren, es wird Ihrer Obszönität keinen Abbruch tun. Im Gegenteil, denn die Haut, die darunter zu Tage tritt, ist uneben wie ein gerupfter Hühnerhals, und die Schwellung der Poren, denen die Schamhaare entrissen wurden, eine Reizung, die sexueller nicht sein könnte.

Auch vom Geruch lassen wir uns leiten, diesem schwülen Gestank, der an die verschwundenen Haarbüschel gemahnt.«

»Dann können wir also nichts daran ändern.«

»Nein, Sie können nichts daran ändern.«

Denn eure Obszönität geht derart in die Tiefe, und diese Tiefen – unermesslich, übelriechend und Sinnbild alles Weiblichen – sind das, worum die Kerle, die keine Frauen lieben, euch beneiden, und auch das, was diejenigen hassen, die euch lieben.

Das, was man sieht, ist nicht obszön, obwohl das Spreizen eurer Beine uns schon zuwider ist, was an der allzu leuchtenden Farbe und an der Unförmigkeit eurer Schamlippen liegt, und auch an ihrer dünnen, an manchen Stellen unebenen Haut; einer Haut, die schwitzt, die eitert, einer Haut, genauso widerlich wie die von Fröschen, wobei Frösche wenigstens so taktvoll sind, mit grüner Hautfarbe zur Welt zu kommen. Aber ihre Schenkel sind dennoch Symbol jener Unermesslichkeit, die sich zwischen euren auseinander gerissenen Schenkeln auftut.

Nicht das, was man sieht, sondern das, was sich entzieht, ist von einer Obszönität, die in unseren Augen erschreckender nicht sein könnte.

Und so erbietet sich die Frau nicht nur, ihr eigenes Geschlecht durch das des Mannes öffnen, sondern sich regelrecht aufschlitzen zu lassen. Das ist, so scheint's, eine normale Konsequenz der Tatsache, dass dieses riesige, klaffende Geschlecht und sie selbst in einem teuflischen Bacchanal eins geworden sind.

Im Übrigen ist der Geruch der Achselhöhlen ein süßlich-fader, schmählicher Atavismus, der dem der Vagina und ihrer berauschenden Sekrete in nichts nachsteht.

Was man die Obszönität der Frauen nennt und wofür man sie bestraft, ist just die Tatsache, dass ihre Anstößigkeit nicht sichtbar ist, aber von einer unstatthaften Kraft, dank derer sie für immer den Stempel des Dämonischen tragen.«

»Aber nicht doch«, sagt sie mit ersterbender Stimme, mit einer Stimme, in der – ich muss es zu meiner Schande gestehen – nicht nur ein ersticktes, entsetztes Aufschluchzen anklingt, sondern auch eine kindische Verzweiflung angesichts der ungeheuren, peinlichen Lust, die diese Erniedrigung ihr bereitet.

Aber nicht doch.

Und schon wird meine Methode reiner, distanzierter Reflexion – die eigentlich erforderlich ist – vom stinkenden Atem der Unterwerfung unter die Begierde hinweggefegt; mag sein, dass diese Unterwerfung der Inbegriff der Unterwerfung ist. Die Preisgabe jeglicher Würde.

So hat man mir nun das geraubt, was die Frau zur Grazie macht; geblieben ist nichts als ein Trugbild.

Jede männliche Odyssee hat ihre Sirenen, jene abscheulichen Huren, Dirnen des Gemüts; und wenn sich der Mann an den Mast des Schiffes fesselt, bedeutet das vielmehr, dass er seinen Mast an seinen Körper fesselt, dass er versucht, zu widerstehen, sein Glied allen Verlockungen zum Trotz so anzunähen, als wollte er es in seinen flachen Männerbauch verpflanzen und darin verschwinden lassen. Doch die

Dämonen sind stärker, und ihr Gesang ist todbringend.

So und nicht anders muss man die immerwährende Schuld jener Wesen begreifen, deren Geschlecht verborgen ist und voller Arglist.

Der junge Mann fragte sich zum ersten Mal, ob das, was ihn dazu gebracht hatte, sich von den Frauen abzuwenden, nicht die Gewalt war, die sie aus den Tiefen ihres Geschlechts heraus zu fordern schienen.

Bis jetzt war er ehrlich gewesen.

Doch sicher ahnen Sie schon, was ihm nun in den Sinn kommt, denn die Gedanken schweifen immerzu, man kann sie nicht lange in eine Richtung zwingen, die nicht die ihre ist. Ahnen Sie schon, woran diese dunklen, feucht glänzenden Flaumhaare mit ihren schwülen Ausdünstungen ihn erinnern? An das frisch geschlüpfte, noch feuchte Vögelchen, dessen Zerbrechlichkeit so rührend ist, dass ein Kind davon zu träumen beginnt, es in seine Achselhöhle zu betten und an sein warmes Herz zu drücken wie einen weichen, kleinen, bebenden Begleiter. Doch zunächst gilt es, auf den Baum zu klettern, um das begehrte Vögelchen aus dem Nest zu nehmen.

Der Junge spuckt in seine kleinen Hände, die schon so knorrig sind wie die Hände des Mannes, der er sein wird, und reibt sie aneinander, um sie vom Schweiß zu befreien; ihr Griff soll fest sein. Er schürft sich an der Rinde die Knie auf, aber seine Liebe und sein Verlangen sind groß, er achtet nicht darauf, seine Schenkel umklammern den unebenen Stamm, er zieht sich hoch, bald wird er oben sein; auch die Handflächen bluten.

Das Vögelchen öffnet den Schnabel, der noch weich ist und aufklafft wie die Schamlippen einer Frau, und so begegnet dem Tierchen das, was man menschliche Freundschaft nennt. In den Schnabel legt der kleine Mensch eine weiße, zappelnde Made, das Kind einer Fliege, die er vorausschauend mitgenommen und während des Aufstiegs im Mund gehalten hat wie das Allerheiligste, wie die Hostie beim Abendmahl.

Dann ergreift er das schluckende Vögelchen, schiebt es unter sein zerrissenes Hemd und presst es an sich.

Er macht sich auf den Rückweg, muss sich anstrengen, um nicht zu schnell hinabzusteigen, und das ist noch mühseliger; er umklammert den Stamm des Baums, um nicht abzurutschen.

Unten angekommen, bemerkt er einen blutigen Fleck auf seinen Kleidern, voller Zorn zerrt er das verletzte Vögelchen hervor und wirft es angewidert auf den Boden.

Dann packt ihn ein fürchterlicher Wutanfall, und er stampft es mit seinen eisenbeschlagenen Holzpantinen nieder, bis nur noch ein Brei aus Blut und Knochen zurückbleibt, ein roter, mit schwarzen Flaumfedern gesprenkelter Matsch.

Bis heute hat der Junge, dieser werdende Mann, der für alle Männer steht, diesen abscheulichen Anblick nicht vergessen, diese breiige Masse, die ihn zu verhöhnen schien.

»Verstehen Sie?«

Und er fügte hinzu, dass es sich mit dem Mitleid nur so verhalten könne wie mit dem Wissen der Urväter, die murmelnd und mit wackelndem Haupt eine schon immer gewesene, grauenhafte Gefahr zu bannen versuchten: die schamlose Anziehung zwischen Mann und Frau.

»Ich glaube, ich verstehe«, sagte ich.

Und dass ich wisse, dass der Körper einer Frau danach schreit, verstümmelt zu werden. Dabei besitzt er nichts, was zu viel wäre, und trotzdem diese Wut der Männer.

Diese Wut der Männer, die sich gegen das Unsichtbare richtet. Der blutige Brei, in den der Mann unser Geschlecht verwandeln will, zielt darauf, das Gesicht Gottes zum Vorschein zu bringen.

Doch sie werden nichts sehen, niemals, dazu sind sie nicht in der Lage.

Sie können keine Vorzeichen deuten.

Denn sie erkennen nicht, dass es Vorzeichen sind.

»Das Gesicht Gottes, haben Sie gesagt? Sie Unglückliche!«

»Ja. Das, was keinen Namen hat.«

Das Unbenennbare.

»Dann sind Sie also nicht in der Lage, zwischen dem Unbenannten und dem Unbenennbaren zu unterscheiden«, murmelte er entsetzt. »Das eine ist Gott, das andere ist Satan.«

»Beide sind Gott. Gott ist die Alleinheit«, erwiderte sie mit den Worten einer dem Tod Geweihten.

Euer Blick ist längst nicht so scharf wie eure männliche Lanze, denn eine unheilbare, menschliche Blindheit hat euch befallen.

Alles lässt euch innehalten.

Immer noch fehlt euch die mütterliche, lenkende Hand, nicht das menschliche Bewusstsein ist bei euch gereift, sondern eine Art abgestumpfte Rohheit.

Sie beherrscht euch, und nicht der Instinkt, ihr habt gar keinen Instinkt. Sonst würdet ihr, anstatt in euren bleichen Gesichtern die Augen zu rollen, als wären es Lottokugeln, näher treten, um besser zu sehen, denn es ist tatsächlich so, dass ihr nichts seht.

Es war schon tiefste Nacht, und Sie, ja Sie wussten immer noch nichts von dem, was eine Frau zur Frau macht, dabei wurden Sie doch dafür entlohnt, mich zu belauern.

Wie groß muss erst die Unwissenheit der anderen Vertreter Ihrer Spezies sein.

»Kommen Sie näher, dann sehen Sie besser. Dafür bezahle ich Sie doch.«

Er sagt: Damit ich das stumme Ritual zwischen zwei Menschen, die so vertraut miteinander tun, dass sie sich in die Einsamkeit und Intimität eines Schlafzimmers zurückgezogen haben, besser ertrage, bietet man mir für gewöhnlich einen kräftigen Schluck an, der wie Feuer in meiner Kehle brennt und auch den sterilen Ort meiner Gedanken aufheizt.

Denn leider verschwende ich nicht einen Gedanken an Sie.

Ich verschwende generell keine Gedanken an jemanden, der mir sein Fleisch anbietet wie leicht verderbliche Ware, Fleisch, durch dessen Öffnungen man ein- und ausgehen kann wie ein Besucher, der sich in einem Geisterschloss verirrt, diesem Fleisch, das Sie hier zur Schau stellen und das ein Abgrund ist.

Wenn das, was in Aussicht steht, solche Öffnungen des Fleisches sind, macht es keinen Unterschied, ob es ein Kerl ist oder ein Weib, ich verschwende kein Wort und keinen Blick. Und dafür brauche ich den Alkohol, der mir in meiner dumpfen Einsamkeit der einzige Begleiter ist.

Es dauert nicht lange, und man hört das Klirren von Eiswürfeln in einem Kristallglas, in dem bernsteinfarbener Whisky schimmert.

Schon ist die Stimmung etwas gelöster, er trinkt schweigend, aber sein leises Schlucken ersetzt die

Worte. Er schenkt ihr diese akustische Intimität, und er, dieses Tier, schöpft Kraft aus dem Brennen in seinem Rachen, das seinen Männerängsten Einhalt gebietet und ihn antreibt, so wie eine Lokomotive durch Verbrennung von Kohle angetrieben wird. Dann war er also doch kein Tier mehr, sondern eine Maschine, die sich an Körper heranmacht, Besitz von ihnen ergreift, sie mit schrecklichen Werkzeugen attackiert. Pinzette, Eispickel oder dem Griff oder der Klinge eines Dolchs.

»Haben Sie keine Angst?«, sagt er.

»Nein, ich zügele meine Ungeduld. Das Warten ist Teil der Lust.«

Er kommt näher, weil es an der Zeit ist, er beugt sich langsam über sie, über das, was gemeinhin als »sie« bezeichnet wird, diese unförmige, fast bläulichrote, blutdurchlaufene Masse, aus der ein geleeartiges, sämiges Sekret hervorquillt.

Langsam und behutsam wälzt er seinen Finger in diesem dickflüssigen Frauensaft und kann es gar nicht fassen, wie ekelerregend weich und quabbelig das alles ist.

Sie ist so regungslos wie eine Tote und hält den Atem an, um ihn bloß nicht in seinen schändlichen Erkundungen zu stören.

Das alles erinnert mich ungemein an jene Zeit, als ich noch arglos war und sexuelle Dinge mir so fern standen, wie es sich gehörte, an jene Zeit, als die dummen, kleinen Jungs aus der Umgebung, die schon damals nur in Horden auftraten, in dem Garten hinter unserem Haus eingefallen waren wie ein Schwarm junger Rebhühner zur Jagdzeit (wenn man die Käfige öffnet und sie davonfliegen lässt, damit die Jäger glauben, sie schössen echtes Flugwild).

Die erste Phase der Auseinandersetzung in Form von Prügeleien hatte nicht lange angehalten, denn mich als ihre einzige Feindin zu besiegen, wäre wenig ruhmreich gewesen; außerdem hatte ich sie schon Gewehr bei Fuß erwartet, mit einem von mir selbst geschnitzten Knüppel, dem diese Neuankömmlinge, diese Herdentiere wertvolle Zauberkräfte zuschrieben, die ihnen von großem Nutzen gewesen wären. Da wir also nicht dafür geschaffen waren, uns zu prügeln, beschlossen wir, uns sympathisch zu finden und dann – als schließlich die Langeweile kam – miteinander Doktor zu spielen.

Ich bin die Kranke. Selbstredend.

Das Weib ist die Krankheit des Mannes.

Der Reihe nach sind sie angetreten, mich zu untersuchen.

Der Reihe nach haben sie ihren Finger zurückgezogen, bedeckt von jenem weißlichen, glitschigen, dickflüssigen Sekret, dessen Quelle nie zu versiegen scheint, ganz so, als ginge es aus sich selbst hervor, und sie sprachen von einem *weißen Belag* wie der Hausarzt, den man wegen einer Angina kommen ließ, wenn er den Hals der Patientin durchstöbert, die Mandeln beäugt hatte und seine Diagnose stellte.

Es war also ein kranker Schlund, in dem eine immerwährende, entzündliche Reizung gärte.

So ist womöglich all diesen jungen, zur Ärzteschaft berufenen Knaben, denen ich als Kind voller Unschuld meine klebrige Höhle dargeboten habe, der Anblick naiver kleiner Jungfrauen ein für alle Mal verleidet worden.

»Hüllt sie in Schleier. Sorgt dafür, dass sie die Augen niederschlagen, denn die Schamlosigkeit wohnt ihrer Gebärmutter inne.

Sorgt dafür, dass sie die aufgequollenen Lider ihres noch unbehaarten Geschlechts schließen.

Lehrt sie, uns zu dienen. Uns Ehrerbietung entgegenzubringen. In dieser Knechtschaft liegt ihre Würde. Denn es sind unkeusche Wesen, denen die Obszönität gegeben wurde wie ein Mysterium.

Und dieses Mysterium erlaubt ihnen, ihr Spiel mit uns zu treiben, uns in ihre Obszönität hineinzuziehen.

Wenn ihr eine dieser Kreaturen erblickt, solltet ihr die Flucht ergreifen oder – was noch besser wäre – sie zu Brei schlagen, auf dass ihr Unheil bringendes Geschlecht nicht mehr sei als ein misshandelter Haufen Fleisch.

Oder ihr bindet ihre Fußknöchel an zwei wütende Hengste, so fest es geht.

Jagt den einen gen Norden, den anderen gen Süden. Und seht dann, was am Ende, wenn sie bis hin zu den Lippen in ihrem Gesicht aufgerissen und zerfetzt wurde, von all der Obszönität noch übrig bleibt. Warum besitzt die Frau auch zwei diametrale Lippenpaare, auf denen bald ein senkrechtes, bald ein waagerechtes Lächeln spielt?

Ist das nicht der Beweis dafür, dass hier der Teufel am Werk war?

Und dann ihre Macht, das auf die Welt zu bringen, was sie uns zuvor mit abscheulich gespreizten Beinen genommen haben. Schreibt sich nicht schon im Auseinanderreißen der Beine ihr blutiges Schicksal fest?

Und ist es deshalb nicht so, dass wir der Welt ihre Unschuld zurückgeben, wenn wir den Müttern die Bäuche öffnen, um sie vom männlichen Samen zu befreien, den sie heimlich darin keimen ließen? Retten wir das Neugeborene, denn seine Seele ist rein. Seht nur den Ekel in seinem Gesicht, hört nur die Schreie, wenn es sich von den giftigen Ausdünstungen befreit, in denen die Mutterliebe es schmoren ließ.

Kann man einer Frau überhaupt ins Gesicht sehen, wenn man sie nicht zuvor – in Gedanken – ausgenommen hat wie einen Fisch und ihre Hülle, die endlich nicht mehr fleischlich zu nennen ist, mit Watte ausgestopft hat, um sie – immer noch in Gedanken – wieder zusammenzunähen?

Jedes noch so unmerkliche Beben dieses Fleisches ist grauenerregend für einen Mann.«

Rasch zieht er seinen glatten, eleganten Zeigefinger zurück, der nunmehr besudelt ist, und streicht das daran haftende Gel mit einer mechanischen Handbewegung in sein wirres Haar, als wäre es eine duftende Pomade. Wie groß muss die Verwirrung gewesen sein, ja das blanke Entsetzen, das ihn packte, als der saugende Mund um seinen Finger ihm für einen kurzen Augenblick wie der Rachen eines unheimlichen, Männer fressenden Vampirs erschien …

Eines Vampirs, der sich von jenem Saft ernährt, der kostbarer ist als Blut, weil es der Saft ist, aus dem das Leben kommt. Leben, das dieser saugende, weibliche Schlund verschlingt. Dabei hielt sich der männliche Penis für einen langen Dolch, der tief in den feindlichen Schoß hineinstößt, doch plötzlich schließt sich die riesige, offene Wunde wie von Geisterhand. Und sie schließt sich nicht nur, sondern umschließt ihn wie eine Beißzange, während sie auf wundersame Weise vernarbt, und was bleibt, ist ein Narbengewebe so scheußlich wie der unendliche, stete Hass, der Mann und Frau im Beischlaf vereint.

»Ich preise den Tag, an dem ich fern von Ihnen und

allen Vertreterinnen Ihrer Art das Licht der Welt erblickt habe«, sagt er. »Die elastische Festigkeit, über die der After eines Kerls verfügt, verspricht etwas, das die stabilen Häute seines Gedärms tatsächlich halten. Dagegen ist die Weichheit der Frauen eine Lüge, eine den Abgrund verbergende Falle, die nichts als Hass heraufbeschwört.«

»Ja«, sagt sie, »aber Sie haben mich noch nicht angesehen.«

Sie war selbst überrascht, wie Recht sie damit hatte.

Bald wurde sie vom Schlaf übermannt, und ihre tiefen, regelmäßigen Atemzüge vermittelten ihm das Gefühl einer widerlichen, erzwungenen Intimität, die ihm so zusetzte, dass er auf den Balkon trat und sich mit dem Rücken an die Wand lehnte.

Es ist eins jener Häuser, wie es sie an der baskischen Küste noch gibt, nach dem Vorbild eines barocken Schlösschens erbaut, eine kleine, kümmerliche Burg, lächerlich in ihrer Anmaßung und dennoch von einem gewissen Charme, was an den Quadersteinen liegt, die das Mauerwerk bilden, und vor allem an der Lage hoch über dem Ozean.

Jenem Ozean, dessen gischtgekrönte Wellen sich immer wieder streckten, um an der steinernen Balustrade zu lecken, die über den Abgrund ragte; denn dieser Ozean war ein Abgrund, ganz wie die Frau, und in der Lage, seinen alles verschlingenden Schoß zu öffnen.

Das Ende der Zeit.

Und so kam es ihm plötzlich vor, als wäre er in eine Falle geraten, ein Hexenwerk aus Zeichen und obszönen Geräuschen wie das Tosen der Naturgewalten, ein quälender Ruf der Schwachen, der ihm von allen Seiten entgegenhallte.

Ihm, der so stark war; und so hilflos im Angesicht des Universums.

Er tritt wieder in das Haus mit seinen weißen Wänden, die in der Dunkelheit des Raums beruhigend auf ihn wirken.

Rechter Hand stößt er auf eine Tür und entdeckt das Badezimmer, in dem sich eine verschwenderische Fülle an Salben und anderen weiblichen Mitteln des Betrugs verbirgt.

Er nimmt einen dunkelroten Lippenstift.

Er kehrt in das Zimmer zurück, schaltet das Licht an und spreizt die Beine der Frau, die in ungezwungener Pose daliegt wie ein vom Schlaf ereiltes Tier.

Er neigt die Lampe, richtet den Lichtstrahl direkt auf den Ort der Unreinheit zwischen ihren Beinen.

Dann markiert er wie ein Geometer der besonderen Art die Umrisse der äußeren Schamlippen in leuchtendem Rot, was eine ovale Form ergibt, oder die Form eines Blattes, um genauer zu sein. Anschließend zieht er die Umrisse der Harnröhrenmündung nach und weiter unten die angenagten Ränder der Vagina, die nun rot leuchten. Als er sein Werk vollendet hat, erinnert das Ganze an eine Hieroglyphe, deren Form einem länglichen Eukalyptusblatt entspricht, in dem ein O mit einem Punkt darauf prangt.

Er beschließt, dieselbe Farbe auch auf die Lippen im Gesicht der Frau aufzutragen, was dem eigentlichen Verwendungszweck entspricht.

Dabei legt er weniger Geschick an den Tag als zuvor.

Nachdem er viel zu viel Rot aufgetragen hat, reißt er sie jählings herum, drückt ihr Gesicht so fest ins Kopfkissen, dass sie daran ersticken könnte, umklammert sie und stößt, ohne sie anzusehen, mit seiner Rute von hinten in sie hinein, angewidert von ihrem Genick voller Haar, ihrem in blindem Gehorsam gebeugten Rücken und ihren weichen Gesäßbacken, die unverkennbar der Hintern einer Frau sind, und all das schreit nach Gewalt und erweckt kein Verlangen nach Verschmelzung, sondern den Wunsch zu töten, als wäre das der einzige Ausweg.

Er erleichtert sich so, wie man sich erbricht, von einer Schwindel erregenden Übelkeit gepackt.

Dann beginnt er zu weinen wie ein Kind, das über den eigenen Ekel Tränen vergießt.

*Taedium vitae*. Abscheu vor dem Leben.

Ich erwachte mit rot verschmiertem Gesicht, und auch das Kopfkissen war besudelt; zwischen den Schenkeln haftete etwas Klebriges, das gerade erst zu trocknen begann und schleimiger war als die Absonderungen einer Frau.

Als ich ihn weinen sah, wurde mir klar, dass etwas mit ihm geschehen war, das ich nicht einkalkuliert hatte.

Als Zeichen meiner Zuneigung und Anteilnahme legte ich meinen Kopf an seine Schulter, denn die vermeintliche Schwäche der Schwachen beruhigt die Starken.

»Halb so schlimm, es ist doch bloß die erste Nacht.«

Dann schlief ich weiter bis zum Morgengrauen.

Am nächsten Tag kommt er wieder, exakt zur selben Stunde, bei Einbruch der Nacht.

Das Vorspiel unterscheidet sich nicht.

Überflüssig, es noch einmal zu schildern, denn alles steht schon im Voraus fest, was zählt, ist einzig und allein jener angestrebte Moment, da die Frau sich auf schamlose Weise dem Schlaf hingibt, während ein quasi Fremder in ihrem Zimmer weilt, dessen Schicksal es ist zu bleiben, denn dazu verpflichtet ihn seine Rolle.

Dieses Prinzip einer Verpflichtung wird von beiden künstlich aufrechterhalten, obwohl sich längst ein gewisses Maß an Intimität zwischen ihnen hätte einstellen können. Sie setzt dazu die Gleichgültigkeit ihrer Hingabe ein und er die Reserviertheit oder kühle Neutralität seiner Erkundungen, die er durchführt wie etwas, wofür man bezahlt wird.

Klare Regel ist, niemals von einer ausdruckslos professionellen Haltung abzuweichen.

Dabei hilft ihm die Tatsache, dass der Anblick

weiblicher Geschlechtsteile ihn für gewöhnlich nicht im Mindesten berührt. Dennoch ist nicht auszuschließen, dass eine gewisse Mystifizierung des Geschlechtlichen im Allgemeinen als eines immer wieder neuen, bewegenden Rituals, zu der Homosexuelle in übertriebener Weise neigen, ihn dazu bringen könnte, die absolute Kontrolle über seine Sinne doch zu verlieren. Einmal ist ihm dies bereits widerfahren.

Schlafend liegt sie auf dem durchwühlten Bett, nackt und durch den offenen Mund atmend, und tief in ihrem Hals kann man die roten Schleimhäute der Mandeln und das Zäpfchen sehen, das sich bebend hebt und senkt.

Auch die Wirbelsäule wird von diesem rhythmischen Beben erfasst. Einen Arm hat er schützend um den Oberkörper der Schlafenden geschlungen, als wollte er sie vor seiner eigenen Gewalt bewahren; dahinter verbirgt sich eine Anhänglichkeit, die den kleinen Jungen, auch wenn er inzwischen ein Mann geworden ist, für immer an den Körper seiner Mutter bindet.

Jenen Körper, den er verlassen hat wie ein Labyrinth, ein Refugium, zu dem ihm der Zugang fortan verwehrt ist.

Solche Gedanken kommen ihm, weil auch er nun wegzudämmern beginnt; immer wieder packt ihn die Schläfrigkeit wie ein Abgrund, aus dem ein Schauder des Entsetzens ihn hochfahren lässt, ein plötzlicher Ekel, der ihn jedes Mal in die Welt des Bewusstseins zurückholt.

Er trägt dieselbe hellbraune Wildlederhose wie tags zuvor und ein elfenbeinweißes Hemd, einfach geschnitten und weit genug, um seinen Körper zu umschmeicheln.

Er hat nackte Füße, deren eckig geschnittene Nägel etwas zu lang sind und bei genauerem Hinsehen von senkrechten Furchen durchzogen, die ihnen eine wellige Oberfläche verleihen.

Auf dem ersten Glied jedes Zehs kräuseln sich zwei oder drei blonde Haare.

Nachdem er mehrmals eingenickt und jählings hochgefahren ist, beschließt er, sich wieder aufzurichten und im Schneidersitz hinzusetzen, um wach zu bleiben.

Er beginnt, den Körper der Schlafenden zu immer zweideutigeren (geileren) Posen zu verrenken. Sie lässt es geschehen, nimmt aber mit aufreizender Regelmäßigkeit rasch wieder ihre ursprüngliche, weniger obszöne, ja fast kindliche Haltung ein. Dabei gibt sie, scheinbar ohne dabei zu erwachen, leise Geräusche von sich, aus denen vielleicht eine gewisse Falschheit spricht. Dieses leise, satte Brummen, selbstgefällig und gebieterisch ...

Was hier abläuft, ist eine Art Machtspiel zwischen der Schlafenden und jenem Mann, den sie dafür bezahlt, ihren Körper über Nacht in Besitz zu nehmen, ihn zu verrenken und so darzustellen, wie es ihm gefällt.

Eigentlich bewegt er fast nur das rechte Bein, das seinem Körper am nächsten ist. So kann er den braunen, geriffelten Stern betrachten, den After, der sich im Schatten der Gesäßhälften verbirgt, dort wo die Haut ins Ockerfarbene geht, halb Haut, halb Schleimhaut, auch wenn es nicht den Anschein hat.

Diese subtile Farbveränderung trägt, wie er feststellen muss, wieder einmal zur Obszönität des Ganzen bei. Sie verleiht dieser Körperpartie etwas Anormales, Pornografisches. Die Haare darauf, deren einziger Zweck darin besteht, sich mit Scheiße zu besudeln, bestärken ihn in seiner Theorie, dass die Schamteile der Frau tatsächlich Teil ihrer Scham sind.

Ein fast seliges Lächeln tritt auf seine Lippen, denn die herablassende Befriedigung, die er daraus zieht, sie in einer so verwerflichen Intimität betrachten zu können, ist groß. Sein Blick wandert weiter und trifft auf zwei scheußlich behaarte, aufgequollene Aprikosenhälften, bei denen es sich um den verdickten Teil der äußeren Schamlippen handelt, die immer ein wenig zwischen den Beinen baumeln wie Ohrläppchen; man könnte sich durchaus vorstellen, hier ein Ritual anzuwenden, wie wir es von den Negerinnen mit ihren tellerartigen Lippenpflöcken kennen; es stünde ziemlich genau für das, was die Schamlippen sind: Schlaginstrumente des männlichen Glieds, das sie zum Klingen bringt wie zwei pendelnde Becken.

In diesem Moment bemerkt er eine Wölbung in seiner Hose und muss feststellen, dass ihn zum zweiten Mal die Begierde überkommt, doch dieses Verlangen entspringt nicht dem, was er gesehen hat, sondern der Demütigung, der er es in seiner Vorstellungskraft unterzogen hat.

Diese Begierde verdankt er nur sich selbst.

Und so wird nun auch der Wunsch in ihm wach, diesem Körper, der ein erschreckendes Phantasma ist, seinen Stempel aufzudrücken. Er packt sie und dreht sie resolut um, damit er sie sehen kann, ihr Gesicht und ihren weißen, wie Perlmutt schimmernden Körper, der so abstoßend weich und rundlich ist, mit seinen Brüsten, die sich wie zwei Hügel über dem länglichen Bauch erheben, und dann dieser schwarze Fleck, der Schamberg, der von Demütigung spricht, der Schamberg, an dem die Unwürdigkeit der Frau ihren Anfang nimmt.

Die Unwürdigkeit, die man nicht ausspricht.

Die Unwürdigkeit, von der man vorgibt, dass sie nicht existiert.

So sind wir stets darauf bedacht, doch noch einen gewissen Respekt im Herzen zu tragen, menschlichen Respekt vor der Frau, der wir unser Leben verdanken. Respekt vor der Mutter. Die ihre Gebärmutter weitet, um uns in jenem Magma, jenem schlammigen Milieu zum Leben zu erwecken, während der Säer mit elegantem, behändem Gestus dasselbe vollbringt … Respekt vor der Mutter, die der Ursprung alles Obszönen ist mit ihrer klaffenden, narbigen Wunde, aus der gleich einem künstlichen Anus die scheußlichsten Ausdünstungen des Fleisches emporsteigen; Respekt vor dem Mutter-Aas, anstößig wie das Hirn im offenen Schädel eines Affen, wie die stinkenden Körperausscheidungen, wie Nasenschleim, Urin und Fäkalien, wie Schweiß, Speichel und Samenflüssigkeit – nur die Tränen sollte man nicht als Teil dieser Exkremente betrachten, denn sie sind so salzig und rein wie das Meer; dafür jedoch das Blut, vor allem das schwarze, nutzlos gewordene Menstrualblut, das mit seinem fauligen Geruch für jenes ursprüngliche, organische Chaos steht, das uns Männer so schreckt; uns Männer, die wir niemals fürchten, im Kampf zu sterben wie wackere Recken, mit Helm und Harnisch bestückt, von Lanzen und Wurfspießen durchbohrt, das Kettenhemd in Blut getränkt und die Glieder verrenkt, nein, wir stellen uns dem Kampf; doch beim Anblick dieser schleimigen, zuckenden, wunden Fleischmasse, die ein abstoßendes Netz aus sich windenden, karminroten Blutadern überspannt, kippen wir um wie Schwächlinge.

Das ist es, was wir euch nicht verzeihen können.

Nichtsdestotrotz zwingt er sich, in die Scheidenöffnung zu blicken und schiebt, ohne mit der Wimper zu zucken, drei Finger hinein, die er kurz darauf blutverschmiert wieder hervorzieht.

Er leckt an seinen Fingern. Sie schmecken nach Blut, vermischt mit dem undefinierbaren, berauschenden Aroma frisch ausgetretener Samenflüssigkeit, nur etwas süßer vielleicht, etwas lieblicher und dadurch im Grunde widerlicher als die erste Ausschwitzung von Sperma auf der Eichel eines erigierten männlichen Glieds.

Er geht wieder hinaus, betritt diesmal den Garten, dessen Terrassen das Meer überragen, er lässt sich treiben, findet eine Heugabel und eine Schaufel, die einsam am Stamm einer Tamariske lehnen.

Er nimmt die Gabel, weil sie ihn vage an Neptuns Dreizack erinnert, vielleicht auch nur, weil er sie dort gefunden hat.

Es ist ein altes, bäuerliches Gerät, recht schön mit seinem Stiel aus hartem, mit Patina überzogenem Holz und der dünnen, rötlichen Rostschicht, die auf den noch intakten Metallzinken glänzt.

Jetzt rammt er den Stiel so weit er kann in die Scheide, er kann seine Kraft nicht ermessen. Unmöglich, dass sie noch schläft, und wahrscheinlich hat er ihr wehgetan, denn sie hat einmal leise aufgestöhnt. Sie wird sich hüten, die Augen zu öffnen, doch man spürt den Druck in ihrem Bauch, spürt, wie ihre Muskeln sich spannen, um ein Gegengewicht zu dem riesigen Gerät zu bilden, das aus dem zahnlosen Mund ragt wie ein Schwengel.

Ihre unverhoffte, perfide Mitarbeit ist zum Verrücktwerden und lässt einen männlichen Zorn in ihm aufwallen.

Aus blanker Ironie verteilt er behutsam ein paar Zweiglein auf der Gabel, dann verschränkt er die Arme.

So vergeht die Zeit, ohne dass er sie weiter berührt.

Er betrachtet sie nur, wie sie es gewollt hat, betrachtet sie in der ganzen Abscheulichkeit ihres Frauseins.

Er betrachtet sie nur in all ihrer Abscheulichkeit.

Um ein Haar hätte er mit einem Ruck die Heugabel umgedreht und ihr den Bauch damit aufgeschlitzt, und ihr Blut wäre geflossen, normales Blut. Soll sie doch verrecken wie die Kontrahenten im mittelalterlichen Turnier, soll sie doch verrecken, seine Pikdame, mit hervorquellenden Eingeweiden, in einer Pfütze aus Pisse, Scheiße und Blut.

Ahnt sie denn nichts davon?

Sie wusste, dass er sie töten wollte. Dass sie in diesem Moment nur noch eins für ihn war: das Hoheitsgebiet eines Mörders.

Ihn beherrschte der Wunsch, all dem ein Ende zu bereiten.

Der Versuchung und auch dem Ekel und der Versuchung des Ekels und nicht zuletzt dieser sonderbaren Erregung angesichts der Vorstellung, die Hände in Blut zu tauchen, das nutzlos ist. Blut, das nicht dazu gedient hat, ein menschliches Wesen hervorzubringen.

Jenes Blut eines Kindes, das nicht geworden ist. Unschuld, die nicht geworden ist.

Jenes Blut ist sicher zu großen Teilen Grund für die Verwirrung, in die die Frauen die Männer stürzen.

So schläft er schließlich ein, vor sich die Heugabel in jener Frau, die dafür zahlt, ihm auf Gedeih und Verderb ausgeliefert zu sein.

Und der das Dilemma, in das sie den Mörder stürzt, Lust verschafft.

Ihre Ruhe ist Ausdruck einer gewollten Selbstaufgabe, einer taktischen Überlegenheit, die alle Opfer auszeichnet.

Während er sie also betrachtet, schläft er schließlich ein, sitzend, die Hände flach auf die fahlgelben Armlehnen des Sessels gelegt.

Jetzt dringt das erste Morgenlicht durch die Fenster des Zimmers, die der Architekt wohl mit Spitzbögen versah, um ein mittelalterliches Ambiente zu schaffen, dabei erinnern sie nur an die Häuser eines Seebads, was angesichts des tobenden, grandiosen Ozeans etwas lächerlich wirkt.

Der monotone Gesang von Wind und Wellen wiegt ihn weiter in den Schlaf.

Sie liegt nackt auf dem Bett, völlig entspannt, als hätte sie sich vollkommen daran gewöhnt, so vor ihm zu liegen, wie in einem natürlichen Zustand, der sie ebenso wenig in Verlegenheit bringt wie die Erinnerung an das, was in der vergangenen Nacht zwischen ihr und ihm geschehen sein mag.

Es ist keine gespielte Unschuld.

Es ist die absolute Unschuld.

Die sexuellen Entgleisungen sind wie ausgelöscht, sie existieren nicht mehr, wie groß die Demütigung auch gewesen sein mag.

Es gibt keine Spuren mehr.

Keine Erinnerung.

Nichts.

Die Heugabel ist aus meinem Bauch verschwunden, er sieht sie unschuldig in einer Zimmerecke lehnen, als er einige Zeit später seinen Blick durch den Raum schweifen lässt. Das war, nachdem ich in ironischem, etwas herablassendem Ton, den ich mir einfach nicht verkneifen konnte, obwohl ich weiß, dass man mir daraus durchaus einen Vorwurf machen kann, zu ihm gesagt hatte:

»Letzte Nacht haben Sie den Wunsch verspürt, mich zu töten, und Sie haben diesen Wunsch lange bekämpft.«

»Woher wissen Sie das?«

»Es ist der Wunsch aller Männer, so sind die Dinge nun einmal.

Allein aus diesem Grund wohnen sie uns bei, und die Schleier, mit denen sie uns nach altem Brauchtum schmücken, sind Vorboten unserer Leichentücher.«

Mit diesen Worten springt sie auf und dreht sich wie ein Kind, dem der Schalk im Nacken sitzt, dreimal um sich selbst, sie, die niemand anders ist als ich.

»Aber von all dem wisst ihr natürlich nichts. Ihr wisst nicht, zu welchen Abscheulichkeiten ihr in der Lage seid.«

Manchmal sage ich mir, dass wir zu nichts anderem dienen; wir sind die Parzen, die den Schicksalsfaden der Männer in ihren Händen halten. Wir bringen sie dazu zu morden, damit sie ermessen können, dass nicht einmal das in ihrer Macht steht; denn wir sind so fruchtbar, dass wir tausend Leben schenken können.

Am darauf folgenden Tag findet er mich bereits im Bett vor. Er musste nur die Tür aufstoßen, die einen Spalt weit offen stand, nicht nur für ihn, sondern für jeden, der vor ihm dort aufgetaucht wäre. Hatte ich daran gedacht?

Ich bejahte seine Frage, es sei nun einmal das Los der Frau, ein Haus der offenen Tür zu sein.

Genau dies ertragen die Männer nicht. Aus diesem Grund haben sie die Frauen immer einsperren wollen. Um sie vor sich selbst zu schützen, wie die Männer sagen.

Um die Frauen ihrem Schicksal zu entreißen.

In Wirklichkeit haben sie Angst davor, dass die Frauen ihnen nicht gehören. Sie glauben nicht an die Notwendigkeit der Freiheit. Drohend schwingen sie ihre Vorhänge- und Sicherheitsschlösser, ihre Keuschheitsgürtel und -gebote und all ihre törichte Moral, denn die brauchen sie, um sich selbst zu beruhigen.

Dabei wissen sie, dass man niemals einen Beweis

verlangen sollte, denn die Liebe kennt keine Rechtsgültigkeit.

Man muss glauben.

Die Frauen sind ein Abbild Gottes.

Man muss glauben, was in Aussicht steht, ohne es um jeden Preis besitzen zu wollen. Denn Besitzansprüche lassen Gefühle verdorren, so wie der Staudamm den Fluss austrocknet.

Jedes Mal, wenn sie die Beine noch etwas weiter spreizte – in freudiger Erwartung ihres nächtlichen Gefährten hatte sie im Schneidersitz auf dem Bett Platz genommen, als wäre dies das Natürlichste auf der Welt –, sah er einen weichen Baumwollfaden, der zwischen ihren Schenkeln aus ihr hervorragte.

»Zieh ihn doch raus«, sagt sie, als könne sie seine Gedanken lesen. »Ich habe ihn reingetan, damit keine Blutflecken auf die Wäsche kommen, solange du noch nicht da bist. Aber jetzt, wo du gekommen bist ... im Gegenteil ...«

Und als sie sein Zögern bemerkt:

»Zieh einfach, es geht ganz leicht.«

Sie nimmt ihm den Tampon aus der Hand. Siehst du, da ist er. Wegen dieses Blutes erklären sie uns für unrein, manchmal geben sie uns nicht mehr die Hand und haben in diesen Tagen, die sie unsere Tage nennen, keinen Geschlechtsverkehr mit uns.

Sie haben tatsächlich Angst vor diesem Blut, das ohne jede Verletzung fließt.

Das, was ihr unrein nennt, ist für mich etwas geradezu Göttliches.

Siehst du, ich kann ihn in das Wasserglas auf meinem Nachttisch legen, so wie eine alte Frau ihr Gebiss, ehe sie schlafen geht, und zusehen, wie sich das Blut in roten Schlieren im Wasser auflöst. Dann werde ich dich auffordern, es zu trinken, denn das wird dir die Entschlossenheit und Kraft eines Kriegers verleihen.

Heißt es denn nicht, dass man das Blut der Feinde trinken soll, und sind nicht die Frauen des Mannes Feind?

Auch du hast Angst. Du rollst die Augen, wirkst leidlich angeekelt und bekümmert dabei. Du hattest deutlich weniger Angst, als das Blut aus meinen aufgeschlitzten Adern quoll und du mich zur Apotheke fuhrst, um mich zu retten; du bist nicht umgekippt, deine Gesten und deine Haltung waren unerschrocken wie die eines Retters – dieses Blut hatte in deinen Augen einen weitaus größeren Wert, du konntest den Anblick ertragen und dich so verhalten, wie es sich deiner Meinung nach für einen Mann geziemt.

Wie unsinnig das alles ist, denn gerade dieses Blut hier können wir haben, ohne Gefahren oder Schmerzen in Kauf nehmen zu müssen. Wenn du es trinkst, wird es deinem Blut neue Kraft verleihen.

Was wird nur für ein Trara darum gemacht. Der Raum, den das Menstrualblut im Körper einnimmt, ohne dass man auch nur das Geringste davon merkt, entspricht in etwa der Größe der meisten männlichen Glieder. Damit wäre wohl bewiesen, dass der Koitus nicht durch die Materialität des Aktes, sondern erst durch den Sinn, den man dem Akt verleiht, zu dem wird, was er ist.

Ich verleihe diesem Tampon keinerlei Sinn, ich kann ihn einführen, ohne auch nur einen Anflug von Lust zu empfinden. Eine ganz normale, alltägliche Sache.

Und nun sieh dir diese komplizierte Vorrichtung an, die man mühevoll ersonnen hat, um glauben zu machen, dass es schwierig sei, sich den Tampon einzuführen; um den Männern ihr armseliges Phantasma zu bewahren, und ihre Ehre. Denn einen anderen Nutzen gibt es nicht, außer vielleicht noch den, leichtgläubigen Frauen weiszumachen, dass ihre Vagina so schmal sei wie ein Schwanenhals, nahezu unzugänglich für alles, was in seiner Beschaffenheit nicht dem Hort männlicher Potenz entspricht.

So kann man ihn also einführen, ohne sich zu berühren, unbefleckt, ohne dabei das eigene Geschlecht zu erforschen, du verstehst schon. Es ist völlig lächerlich. Du führst das Ende des leeren Karton- oder Plastikzylinders ein und drückst dann, wie bei einer Spritze, den Tampon hinein, so als würdest du dir einen Schuss in die Vene setzen, und das Einzige, was du dabei spürst, ist die hygienisch reine Saugwatte in dir.

Als gälte es, eine eitrige, schmerzhafte Wunde zu verarzten.

Aber ich spüre nichts. Nichts. Findest du das nicht lächerlich?

Wovor haben diejenigen, die so etwas herstellen, nur Angst? Sie wissen nicht, wie die Frauen beschaffen sind; sie hoffen darauf, uns so dumm, so leichtgläubig und prüde zu machen, dass wir nicht merken, wie leicht man hineinkommt.

Dass wir nicht merken, wie gut die Natur alles eingerichtet hat.

Hier, lies einmal die Gebrauchsanleitung, wenn das nicht zum Totlachen ist: Man lässt uns wissen, dass *»es« etwas aufquillt, sich dem Körper anpasst, ohne zu verletzen*. Welch ein prüdes, verlogenes Geschwätz!

Und dann dieser lächerliche Faden, um den Tampon zurückzuholen, so als wäre er ein roter, mit Gas gefüllter Ballon, der in die Stratosphäre davonfliegen könnte! Als wäre die Scheide ein Schlund, der eng ist und zugleich bis ins Unendliche reicht!

Darin liegt eine ungeheure Komik. Und ich würde wirklich aus voller Kehle lachen, wenn es nicht Vorzeichen für etwas Schreckliches wäre.

Denn derjenige, der solche Dinge zu Papier gebracht hat, muss etwas Schreckliches in seinem Hirn ausbrüten. Ein Mann, da kannst du dir sicher sein.

Ein Mann, der sich für überlegen hält, für einen

Beschützer, und der uns nicht ausstehen kann, was auch immer die Männer sagen, denn sie leiden an einer völligen Fehleinschätzung unseres Menschseins und fürchten sich vor uns wie Kinder sich vor der Dunkelheit fürchten.

Sieh, ich schiebe zwei Finger in mich hinein, meine Scheidenwände sind völlig elastisch, ich fasse zu, nichts leichter als das, und hole den verfluchten Tampon heraus, dazu brauche ich den Faden nicht. Was ist das für eine Angst, die nicht die unsere ist, sondern die der Männer?

Habe ich denn überhaupt keine Würde mehr, dass ich mich so vor dir aufführe? Empfindest du einen unbändigen Ekel vor meiner Weiblichkeit? Hätte ich all das verbergen und hartnäckig leugnen sollen? Wo ihr doch Gesetze schafft, die uns aufgrund dieser unausgesprochenen Wahrheit aus der Welt des Menschlichen ausschließen.

Unser verborgenes, alles verschlingendes Geschlecht.

Soll ich leugnen, was meine feinen Gesichtszüge und meine klare Stimme ohnehin jedem verraten?

Wenn ich will, kann ich auch viele andere Dinge in meinem Geschlecht verschwinden lassen.

Und das wisst ihr: dank meiner feinen Gesichtszüge und meiner klaren Stimme.

Hier setzt der Gesang einer Sopranstimme ein.

Auch er war jetzt nackt, nackt wie an seinem ersten Tag, und sein Geschlecht war nicht steif, sondern schlenkerte zwischen seinen athletischen Beinen wie drei nutzlose Ohrgehänge.

Das alles brachte eine gewisse Verlegenheit seinerseits mit sich, ganz so, als wäre es kein natürlicher Zustand. Er hätte sich gern versteckt, um sich nicht mit diesem weichen, lächerlich schlaffen Geschlecht zeigen zu müssen, das nichts von der Fülle und Manneskraft erahnen ließ, die sein Glied in Wahrheit auszeichnete.

Zum Glück lag sein Kopf bald zwischen ihren Schenkeln; sie hatte sich aus Gründen der Bequemlichkeit weit nach hinten gelehnt und streckte die Beine in die Luft. Sie war mit gänzlich anderen Dingen beschäftigt.

»Siehst du nichts? Du siehst nichts, habe ich Recht? Ich habe hier nämlich etwas, das ich so lange verbergen kann, wie ich will, und wieder zum Vorschein bringen kann, wann immer es mir gefällt«, wiederholte sie ohne jede Scham, in herausforderndem Ton.

Und plötzlich sieht er, wie ein rundes, längliches Ding aus den Tiefen ihrer Scheide hervorgleitet; ein schwarzer Stein, dick und glänzend wie das Glied eines Negers, ein Stein aus Basalt, blank poliert durch die ewige Brandung des Meeres. Er schnellt hervor und hätte ihm beinahe den Schädel zertrümmert.

Sie lacht über seine Empörung wie über einen gelungenen Streich.

Es ist verblüffend, wie groß und schwer dieser Brocken vulkanischen Gesteins ist und wie warm, ja fast fiebrig heiß er sich anfühlt, nachdem er aus ihr emporgetaucht ist. Als könnte das Feuer, das in den Frauen lodert, sogar auf totes Gestein überspringen.

Der Basaltstein liegt in der Hand des jungen Mannes, glitschig wie ein Stück Seife, gesalbt mit dem schleimigen Elixier der Lust.

Sie sagt, wenn er wolle, könne sie ihm noch einiges mehr zeigen.

Denn jetzt werden sie mit diesem harten, schwarzen Stein, dessen körnige Struktur ihr geradezu ideal erscheint, gemeinsam das letzte, große Ziel erreichen.

Er schiebt den länglichen Kieselstein wieder zurück, bis er fast ganz im Körper der Frau versinkt; es bereitet ihm ein diebisches Vergnügen zuzusehen, wie seine rund geschliffene Spitze die Schamlippen öffnet und glänzend wie eine Eichel immer wieder zum Vorschein kommt.

Als sei der männliche Körper durchaus entbehrlich, was die Penetration betrifft, denn eigentlich ist sie nichts anderes als ein Versinken.

Manchmal schiebt er den Stein weiter hinein, und es ist so, als fülle er die Scheide niemals ganz aus. Im Übrigen kann er zwei, ja sogar drei Finger hineinstecken, ohne dass es ihr Schmerzen zu bereiten scheint, ganz im Gegenteil, sie gluckst vor Vergnügen wie ein Backfisch.

Es ist ein faszinierender Anblick, wie mühelos diese Vulva den harten, stummen Stein verschlingt, dem das Meer, der Wind und der Zufall die Form eines Phallus verliehen haben, diesen Gesteinsblock, der dichter und härter ist als jedes noch so steife Glied; wie sie ihn bald einsaugt, bald wieder freigibt, ohne auch nur einen Muskel ihres Damms zu spannen, so als wäre das Ganze ein Taschenspielertrick; nur ihre Klitoris ist dabei so sichtbar erregt, dass auch bei ihm eine flüchtige Erektion nicht ausbleibt.

Sie sagt, jetzt bist du wohl enttäuscht, weil du feststellen musst, dass die Frau einen Mann entbehren und selbst Ersatz schaffen kann, wenn sie das will. Wobei es schon so ist, dass mir die Bewegung deiner Hand, wenn du mit dem steinernen Phallus in mich eindringst, Lust verschafft, denn andernfalls wäre der Stein bei all seiner Größe und Härte nicht mehr als ein

Stein. Er kann das männliche Glied nicht ersetzen, was er bewirkt, ist allenfalls ein kläglicher Abklatsch dessen, was das Glied erreicht. Kaum mehr als ein leises Zucken wie das Beben, das durch die Kiemen eines Fisches geht, den man aus dem Wasser zieht, ein Schauder, der das Ende und der Beginn der Wollust ist.

Ansonsten ist das männliche Glied, sobald es eingedrungen ist, nicht mehr als eine unbestimmte Masse, deren Form die Vagina nicht mehr wahrnimmt, kaum dass sie sie verschlungen hat; ob Glied oder Stein wird einerlei. Besitzen ist in Wahrheit nur ein Gefühl des Aufgesaugtwerdens und völligen Verschwindens. Wahres Besitzen, denn darum geht es ja trotz alledem, ist ein reines Trugbild. Vielleicht drückt sich ja eure Manneskraft in der Gewalt aus, die ihr uns gegenüber auszuüben glaubt, als wolltet ihr uns vernichten – uns vernichten, um selbst zu existieren, in unseren Augen, die wir wollüstig verdrehen, was wiederum unsere Art und Weise ist, euch zu vernichten, jede Beziehung zu dieser widerlichen Welt zu vernichten, in der ihr uns so demütigt, dass wir schließlich gezwungen sind, in eine andere Sphäre einzudringen.

Das ist der Grund, das allein; denn die Brutalität und die Erniedrigung, die ihr uns aufzuerlegen glaubt, sind weitaus schlimmer, und der Gegensatz zwischen der Welt, in der ihr zornig unseren Schoß durchpflügt, und unserer Fähigkeit, eben diese Welt auszublenden, könnte größer nicht sein; davon, dass ihr uns besitzt, kann keine Rede sein. Und heimlich lachen wir über euren dünkelhaften Glauben, wir könnten den üblen Samenstrahl spüren, der sich in uns verliert, in diesem Nichts, das aus dem *Wir* geworden ist. Letztlich können und sollten wir euch mit der tränenerstickten Stimme, die uns eigen ist, danken für all eure Boshaftigkeiten; denn die körperlichen und seelischen Qualen, die eure Mannbarkeit uns auferlegt, lassen uns ein Paradies erreichen, das ihr nicht kennt und in dem ihr unsichtbar seid, unsichtbar wie euer Glied, der wertvollste und empfindlichste Teil eures Fleischs, dieser kostbare Schwellkörper, der nur in eurer Illusion einer wie auch immer gearteten Macht existiert.

Dabei sind wir nicht einmal Gegner, sondern schlichtweg nicht miteinander zu vergleichen. Unsere Welten, die des Mannes und die der Frau, können sich zwar durchdringen, doch verstehen oder zusammenkommen können sie nicht, und schon gar nicht einander besitzen.

Besitzen … Das Einzige, was wir besitzen, ist die Fähigkeit, der engen Welt des Fleischlichen zu entfliehen, sobald ihr in uns eindringt, die Fähigkeit, die Welt hinter uns zu lassen, wenn jener wunderbare Ekel uns erfasst, Ekel davor, uns bei der Kopulation mit euch zu erniedrigen, ja zu zerstören, sage ich, und gerade dieser Ekel ist das, was uns in die kosmischen Sphären der Wollust befördert.

Die körperliche Liebe ist eine Reise, die aufregende Reise ins Reich des Tabus.

In diesem Moment bemerken er und ich, dass er einen Ständer hat, sein Glied, zuvor so weich wie das eines Kindes, ragt steif aus dem krausen blonden Haar, aufrecht wie eine Säule. Er weiß nicht, warum es steif geworden ist, schließlich hat die Frau nur die sabbernde, verhasste Vagina zur Schau gestellt, die Merkmal aller Frauen ist. Doch es ist eine Tatsache.

Und plötzlich gibt es kein dringenderes Bedürfnis mehr für ihn, als diesen erigierten, fordernden Phallus so wie er ist, nackt und ohne jeden Schutz in die schwüle, heiße Höhle eines willfährigen Körpers zu rammen – und sollte es ihn auch das Leben kosten, ihm tödliche Krankheiten bescheren wie Syphilis oder jene neue Geißel, die über uns Menschen hereingebrochen ist.

Bedrängt durch dieses in Leidenschaft entflammte Glied spreize ich die Beine, wobei ich darauf achte, einen Winkel von exakt neunzig Grad nicht zu überschreiten.

In diesen Winkel taucht das Glied des Mannes ein, und es ist klar, dass die Schenkel der Frau seine Hüften umschlingen und seine Bewegungen steuern, die genau dem Rhythmus der Gezeiten folgen müssen. Gerade an diesem bewusst gewählten Ort, an dem es unmöglich ist, das rhythmische Stöhnen der Wellen zu vergessen, lässt sich der Gleichtakt mit der Meeresbrandung besonders gut verfolgen.

So taucht er in die Gebärmutter der Frau ein und verliert sich darin, so als wäre sie das Universum und das männliche Glied die Weiterführung jener Wellenbewegung, die das Mysterium alles Seins in sich birgt.

Mit hermetisch geschlossenen Augen stöhnt die Frau, sie hat sich weit zurückgelehnt, und ihre Sinne sind so geschärft, als wäre sie schon immer blind gewesen.

Wenn der Mann sie nun ansieht und in diesem Augenblick als obszön empfindet, so weit geöffnet und von seinem Schwanz durchdrungen, der sich wie in einem Ritual hin- und herbewegt, dann wird ihn früher oder später die Versuchung überkommen, ihren Arsch zu durchwühlen, wie im Rausch zwei Finger hineinzuschieben und sich dabei seiner männlichen Überlegenheit bewusst zu werden und der Tatsache, dass die Penetration natürlicherweise etwas Demütigendes ist, und wenn ihn dann ein kurzer, heftiger Samenerguss überkommt, der sein Glied und seine Hoden sogleich erschlaffen lässt, wird er, der sich als Sieger wähnte, der große Verlierer sein.

Während sie mit verdrehten Augen, in tiefer Versunkenheit dem Leben abschwört, um zu einer höheren, ekstatischen Erkenntniskraft zu gelangen.

Hilfsbereit nehme ich das erschlaffende Glied in meine Hand, um es ein paar Minuten lang geschickt zu masturbieren, ehe ich das wieder erstarkte Geschlecht von neuem in mich hineinschiebe; dass dies so mühelos geht, liegt sicher auch in der bisherigen Enthaltsamkeit unserer Beziehung begründet. Sein Penis ist so steif, als hätte er nicht zuvor schon ejakuliert, für nichts und wieder nichts, wie jemand, der nur niest, um sich des unerwünschten Auswurfs zu entledigen.

Warum gehst du so mit deinem Sperma um?

Du glaubst, deine Verachtung für die Frauen auszuspeien.

Es ist vollbracht. Jetzt hat sie auch die besudelte Eichel mit ihrem Mund gereinigt, um sie in ihrer ganzen Unschuld betrachten zu können, so rund, so bleich, die Haut darauf so zart, und auf der Mündung perlt bereits ein erster Samentropfen.

So zieht sie ihn erneut in die Tiefen ihres mütterlichen Bauches hinein.

»Lass dir Zeit, beweg dich kaum, sondern sei offen für den Reiz der Regungslosigkeit«, murmelt sie.

Ich gebe dir eine zweite Chance – obwohl du eigentlich keinerlei Anspruch darauf hast –, nimm sie also wahr und führ dich nicht auf wie ein Plünderer, den nur die brutale Monotonie seiner Stöße zum Orgasmus bringt, denn all diese Verbissenheit ist unnütz, und man rennt keine offenen Türen ein. Es gibt im Übrigen keinerlei Tür, du musst lernen, den Innenraum der Frau zu begreifen, er allein wird dich zur wahren Erkenntnis der Lust führen.

Glaub nicht, mich durch simple Lendenstöße in Besitz nehmen zu können, du entleerst dich, und der Zauber verfliegt. Natürlich ist es ein Zauber, ein magischer Schwebezustand, in dem sich zwei ineinander verkeilte Körper aus der animalischen Umschlingung des Fleisches befreien, um die Leichtigkeit des Soseins zu erfahren.

Spürst du denn nicht diese plötzliche Freiheit, diese Schwerelosigkeit?

Denk daran, dass ich dir eben erst den Weg gewiesen habe, als ich den Stein in mir versenkte und immer wieder nach Lust und Laune aus mir emportauchen ließ, so als wäre er ein steriles Glied, steril und dennoch unglaublich hart und männlich.

Hast du noch immer nicht begriffen, dass es keine Bedeutung hat und dass es gerade gilt, die Arroganz des erigierten Gliedes abzuschütteln? Dass der Akt, der dir eine so große Bedeutung und Wertschätzung deiner selbst verleiht, nicht mehr ist als ein Zusammenprall von Fleisch, das früher oder später in Fäulnis übergehen wird? Und dass die wahre Bedeutung dieses Aktes weit über all das und deine Manneskraft hinausgeht, die nur zu einer Abstumpfung der Begierde führt?

Denn die Wollust (jedenfalls die der Frauen) ist immanent.

Sie ist Subjekt des Subjektes.

So höre, Mann, bei aller virilen Kampfeslust wirst du doch immer das Objekt des Subjekts bleiben.

Vergiss dich und lass dich gehen. Schreite der Auflösung des Körpers entgegen, vergiss dein Glied, überlass es sich selbst und sei bereit, es zu verlieren, ja auch dich selbst ganz zu verlieren.

Nimm deine Auflösung hin, jenen Zustand, den du Schwäche nennst, habe keine Angst mehr davor, denn was dich erwartet, ist die große Leichtigkeit.

In dieser Leichtigkeit wirst du frei sein in deinem Körper und in deinem Herzen, ganz erdentrückt wie ich, weit weg von der abstoßenden, samengeschwängerten Schwüle der Geschlechter, an denen nichtsdestotrotz kein Weg vorbeiführt.

Dort wo du anlangen wirst, spielen Äußerlichkeiten keine Rolle mehr, dein langes, kurzes, dünnes oder dickes Glied wird dir lächerlich erscheinen, sogar die Form und den Geruch deines Geschlechts wirst du vergessen haben, so sinnlos wird es dir erscheinen, der menschlichen Gestalt Bedeutung beizumessen.

Da die Fleischeslust ihren Gipfel erst dort erreicht, wo die subtilsten, unsichtbarsten Facetten des Körpers zum Tragen kommen, musst auch du dich verfeinern, um zum Wesentlichen, zur absoluten Abstraktion vorzudringen.

Dann aber wirst du in den seltenen Genuss kommen, die unsichtbaren Seiten deines Seins und deiner

Existenz in vollen Zügen auszukosten. Denn deine körperliche Hülle wird dich aus ihrer engen Umschlingung entlassen.

Verstehe also, dass gerade du, der du dich allzu häufig vom *kleinen Tod* überraschen lässt, als wäre er allein die stumpfsinnige Zielvorgabe eines Koitus, der noch ins Reich des Animalischen gehört, jenes Reich, von dem du selbst dich abzugrenzen glaubst, verstehe also, dass gerade du an das Unsichtbare glauben musst.

Glaube ein wenig, werde groß!

So riss sie ihn zwischen ihren Beinen mit sich, in einem unbeschreiblichen Über- und Untereinander, einer Vermengung von Gliedern hin zu einer Wollust, die ihm bis dahin unbekannt gewesen war.

Einer Wollust, wie sie uneingeschränkter nicht hätte sein können.

Bei der es nicht mehr darum ging zu sterben, sondern zu leben und für einen Augenblick den Hauch körperloser Unendlichkeit zu spüren.

Es war eine weibliche Wollust, bei der gewiss auch Samen floss, doch ohne dass dabei das Glied erschlafft wäre, denn hierin allein lag nicht mehr die Erfüllung.

Und mit einem Mal erschien ihnen die Pornografie wie das Wort Gottes, in dem sich die Frau offenbart.

In dem sich die Frau als Weib offenbart, als Hure,

und keine Angst mehr davor hat, schon gar nicht Scham empfindet.

Die Pornokratie war die wunderbare Herrschaft der Weiber, und er hatte keine Angst mehr davor. Hatte er beim Betrachten ihres Geschlechts begriffen, dass es Träger einer höheren, transzendenten Bedeutung war?

In jedem Fall hatte er geliebt – und war selbst von einem Weib geliebt worden.

Von einem Weib, man könnte auch sagen, einer Kurtisane.

Und sein Geschlecht verfügte über solche Kräfte, dass sie ihn dafür bezahlen musste, sich freiwillig unterworfen zu haben.

Als sie die Augen aufschlugen, sahen sie sich voll staunender Bewunderung an, denn anstatt jählings aus ihrem Rausch zu erwachen, schwebten sie weiter in höheren Regionen, jeder von ihnen so leicht wie ein Blatt, im vollen Bewusstsein ihres erdentrückten und ihres physischen Körpers zugleich, während sie langsam wieder in ihre körperliche Hülle zurückkehrten, um den Alltag wieder aufzunehmen, den Alltag mit seiner mühseligen, monotonen Atmung (der großen Bürde, die man uns auferlegt hat, um zu leben – man höre nur einmal den markerschütternden Schrei eines Neugeborenen, das seinen ersten Atemzug tut, sein ganzes Entsetzen angesichts einer Welt, in die es sich einzufügen hat, spricht daraus; und weil es noch vergleichen kann, wird es von dieser schrecklichen Vorahnung ereilt). Sie schlugen die Augen auf und sahen sich an, tief bewegt, den Tränen nahe.

Sie verharrten noch lange in ruhiger Regungslosigkeit, beider Atem in völligem Gleichklang, glücklich, einander zu ergänzen.

Viel später erst kam mit den steifen Gliedern die Gewissheit, dass das rein Körperliche wieder die Oberhand gewonnen hatte und es nicht möglich war, weiter vereint zu bleiben; Krämpfe, Juckreiz, das jähe Bedürfnis, sich zu bewegen und all die anderen prosaischen Dinge des Alltags traten wieder auf den Plan, um das Paar zu entzweien.

Sie schenken einander ein Lächeln, so als wollte sich jeder beim anderen für den Verrat entschuldigen, den er gleich begehen wird.

Langsam zieht er sein blutverschmiertes Glied heraus.

Auch die Bettwäsche ist blutverschmiert und von zahlreichen anderen Flecken bedeckt; Spucke, Sperma, Scheiße, ein wahrer Schweinestall.

Vor allem aber ist sein schmerzendes Glied von einer Mischung aus dunklem Blut und zähem Schleim bedeckt, der die Haut wie ein Flechtwerk überzieht, wie das geheimnisvolle Zeichen einer tödlichen Krankheit.

Das scheint es tatsächlich zu sein.

Er hält seinen Schwanz in stummer Verwunderung wie ein Kind, welches das Leiden hinnimmt, weil es noch nicht gelernt hat, sich aufzulehnen, und dabei doch von einer fast animalischen Angst erfüllt wird.

Er hat einen großen, wohlgeformten Körper, dem die ruhige Kraft blonder Männer innewohnt. Jetzt, da man ihn allein auf dem Bett liegend betrachten kann, fällt auf, dass er viel größer ist als seine Beischlafpartnerin, und sein Glied ungewöhnlich lang – obwohl Derartiges so häufig behauptet wird, dass man kaum noch ausmachen kann, worin der Unterschied zur Normalgröße tatsächlich liegt. Denn um die Wahrheit zu sagen, führt der Anblick solch eines einsatzbereiten Phallus' sogleich dazu, dass man, erregt durch die verwirrende Aussicht auf das Unglaubliche, Unvorstellbare, was nun folgen wird, kaum noch zu einer objektiven Betrachtung fähig ist.

Die Begierde entspringt nicht dem Wunsch zu besitzen oder gar in Besitz genommen zu werden, was schon ein brennendes Ineinandergreifen, ein Verschmelzen von Fleisch voraussetzt.

Nein.

Die Begierde entspringt dem ungeheuerlichen Reiz des Neuen, der dazu führt, dass jede Aussicht auf eine Kopulation neues Leben zu verheißen scheint.

So beugte er sich zu seinem Geschlecht hin, als hätte sich alles, was ihm noch an Lebenskraft zur Verfügung stand, in diesem lädierten, von einer unsichtbaren Verletzung heimgesuchten Glied gesammelt, an dem das Blut einer anderen herablief. Wäre er dazu imstande gewesen, so hätte er vielleicht wie ein Hund traurig an seinem Geschlecht geleckt, an seiner bleichen, durchsichtig schimmernden Eichel, die ihm selbst so zerbrechlich erschien; ja, er hätte seinen Penis abgeleckt wie ein Hund, der nicht begreifen kann, was da mit ihm geschieht, und der die Erektion für eine Krankheit hält, die durch die Zunge Linderung erfährt.

Dieses blutüberströmte Glied bereitete ihm, schon wenn er es nur ansah, Schmerzen, als müsste er sterben. Denn er verharrte in der Welt des äußeren Scheins.

Ich sage zu ihm:

»Du hast Angst, weil du glaubst, dass du derjenige bist, der blutet, dabei weißt du selbst ganz genau, dass es sich anders verhält, dass hier das fruchtbare Blut einer Frau geflossen ist.

Du stehst unter dem Eindruck deiner Phantasmen; und es gefällt dir, daran zu glauben, denn du suchst einen Vorwand dafür, dich an mir rächen zu können. Obwohl du dich damit über jede Rationalität hinwegsetzt, fragst du dich lieber, ob ich dich nicht verhext und dein Glied für immer ruiniert habe.«

»So ist es.«

»Du hast Angst vor diesem Blut, das nicht dir gehört, denn es bedeutet Leben. Die Männer verabscheuen das Leben.«

»So ist es.«

»Auch wenn du in den Bauch eines Mannes eintauchst, kommt es bisweilen vor, dass du dein Glied besudelt wieder hervorziehst, doch ihm nimmst du es nicht übel, du bist weder traurig noch erschreckt.«

»Es kommt bisweilen vor, aber Fäkalien sind inerte Stoffe.

Sie haben den Lebenszyklus abgeschlossen. Darin entsprechen sie der Natur des Mannes.

Der Mann kann kein Leben schenken. Er nimmt es.«

»Er tötet. Und somit schenkt er ewiges Leben.«

»Vielleicht.«

»Wenn ich es doch sage. Ein Mann, der tötet, schenkt ewiges Leben.

Ich bin eine Frau, ich schenke Leben und benenne die Dinge; und wenn man Dinge benennt, schenkt man ihnen Leben.

Was auch immer zwischen uns geschehen mag, es wird niemals etwas anderes sein als das, was ich benannt habe.

Erinnere dich daran, wenn du wieder einmal Angst bekommst und dir wegen deiner Taten unbedachte Vorwürfe machst.

Du hörst mir nicht zu, weil du dich vom Anblick des Menstrualblutes, das über dein Glied rinnt, beeindrucken lässt. Was für eine wunderbare und symbolträchtige Blutung. Du traust dich nicht mehr, deinen Schwanz in die Hand zu nehmen. Wie dich sein Anblick rührt, seine Unschuld, wie sanft und respektvoll du mit einem Mal bist.«

Ich hüte mich davor, ihn allzu schonungslos zu verspotten; denn der Anblick eines starken Mannes, der verstört ist, stimmt Frauen grundsätzlich weich, und so begnüge ich mich damit, meine Hand auszustrecken und den blutenden Penis zu ergreifen, und die Freude, die ich dabei empfinde, zaubert das Lächeln jahrhundertealter Unterwerfung in mein Gesicht.

»Das ist schön«, sagt sie, »man könnte meinen, du blutest.«

So sehen Schwerter aus.

Es ist ausgesprochen dumm, der körperlichen Liebe zu entsagen, wenn eine Frau ihre Regel hat, denn das eine bereichert das andere. Verkörpert die Verquickung von Rot und Weiß nicht so etwas wie die Vollendung der Materie?

In seinen Augen stellt dies alles eine Tragödie dar, und sein Gefühl will erst nicht weichen, doch schließlich empfindet er diese Blutbesudelung ohne Verletzung als natürlich und sogar als recht amüsant. Begeistert schüttelt er seinen Schwanz, fast wie ein Kind, das mit seiner Rassel spielt.

»Jetzt«, sagt sie, »ist unsere Verbindung besiegelt.

Wir haben einander erkannt.

Wir haben das widerliche Geheimnis der Obszönität durchdrungen.

Es ist ganz einfach: was ist, das ist.

Es ist weder schön noch hässlich.

Weder gut noch schlecht.

Es ist.«

Doch irgendetwas führt dazu, dass es unaussprechlich bleiben muss. Denn wenn auch seit Menschengedenken bekannt, ist es doch immer wieder ganz neu.

Es hat niemals zuvor existiert.

Und das jedes Mal wieder aufs Neue.

Es kann keine Kenntnis dieser Sache geben.

Das Unaussprechliche ist der wahre Ursprung der Begierde.

Die Begierde ist keine Besitznahme.

Die Begierde zielt nicht darauf, den anderen zu erniedrigen, um die Besitznahme zu erleichtern.

Weder der Anblick, noch die Berührung oder gar das Eindringen in die genitalen Fleischpartien der Frau sind von Bedeutung.

Denn was ist, ist nicht.

Und was geschieht, das geschieht nur in der Vergessenheit des Tuns.

Der Übergang ist jäh.

Sie küssten sich wie zwei Liebende, die umeinander wussten und auf den Gebrauch leerer Worte verzichten konnten.

Dann ging er.

Und als er ging, gab sie ihm das Geld, das er verdient hatte.

Als er das Geld nahm, verlor er sie.

Ja, er verlor sie.

Er wusste es sofort; doch um die Wahrheit zu sagen, hatte er sich plötzlich einschüchtern lassen und das Geld genommen, obwohl er es ablehnen wollte.

Wenn das Handeln eines Mannes seinem Willen nicht gehorcht, ist es normal, dass er dafür bestraft wird.

In der Stadt betritt er die erstbeste Kneipe; er würde gern mit jemandem sprechen, doch er weiß nicht mit wem, und so trinkt er, um seine Worte zu verflüssigen und seinen Körper aufzulösen.

In dieser Kneipe befinden sich hauptsächlich Männer, und alle tun es ihm mehr oder weniger gleich. Sie trinken, um abzustumpfen; und wenn es sich dann so fügt, dass sie zu Saufkumpanen werden, klopfen sie sich gegenseitig auf die Schultern.

»Denk nicht mehr dran«, sagt sein Nachbar zu ihm. »Das war eine Schlampe.

Ein Flittchen wie alle anderen auch.

Mit denen muss man es halten wie mit Ziegen, da muss man einfach so viel wie möglich rausholen und vor allem zusehen, dass man resistent bleibt, denn wenn dir eine unter die Haut geht, bist du geliefert. Die saugt dir das Mark aus den Knochen.

Trink, Bruder, das wird sie dir nicht nehmen können.«

Er nickte und sagte das Gleiche wie der Mann, dass sie ein Flittchen sei und dass er ihr die Muschi derart eingerammt habe, dass kein Mann sie mehr haben wolle, es sei denn aus reiner Lust am Laster, um sich mal eine stadtbekannte Nutte reinzupfeifen.

Und dass er sie sogar so weit hatte, ihre eigene Scheiße zu kacken und ihre Pisse zu pinkeln, und dass er einen Schweinestall hinterlassen habe; kein menschliches Wesen mit ein bisschen Würde hätte sich ihr gegenüber jemals so aufgeführt, und sie hätte es glatt verdient, dass man ihr die Eingeweide aus dem Bauch holt und ihr zum Fraß vorsetzt.

Doch er glaubte nicht ein Wort von all dem. Am Morgen weinte er wie ein verlassenes Waisenkind.

Er konnte sie nicht einmal anrufen, er wusste ihren Namen nicht.

Er macht sich Vorhaltungen, glaubt, ein Nichts zu sein und sie deshalb nicht wirklich erkannt zu haben, obwohl sie ihm Einblick in ihr Intimstes gewährte.

Einblick in ihr Intimstes, und er hat es tatsächlich fertig gebracht, sie nicht zu erkennen.

Er lässt das ganze Geld auf dem Tresen liegen.

Er ist bereit zu sterben, wenn er sie nicht wiederfindet.

Er will nicht bedenken, dass das, was sie ihm gegeben hat, nun sein Eigen ist und dass er seine Existenz darauf begründen könnte. Er ist von der Begierde erfüllt, es noch einmal zu tun.

Noch einmal von vorn anzufangen.

Und dieses Mal in vollständiger Kenntnis der Sache.

Er will nicht begreifen, dass das Leben so nicht ist. Dass man eben nichts noch einmal von vorn anfangen kann.

Er steigt wieder in den Zug.

In einem Abteil sieht er eine unschuldig schlafende Brünette, die ihm für einen Augenblick schön erscheint.

Doch sie entspricht nur der ersten Anwandlung von Begierde.

Sie ist nicht das Sein.

Bislang ist er nicht mehr als leicht enttäuscht, er konzentriert sich auf den Zielbahnhof.

*Biarritz-la-Négresse.*

Es ist ein komisches Gefühl für ihn, in *La Négresse* auszusteigen, was »Negerin« bedeutet und klingt wie eine unverhoffte Anstößigkeit.

Er nimmt ein Taxi, das zum Ozean fährt.

Hinter einem Felsen, den man umrunden muss, ehe die Straße in die Sackgasse des letzten Strandes mündet, liegt jenes Haus, das einem Spukschloss gleicht und wie auf den Wellen des Meeres errichtet wurde.

Wenn Sie einmal durch Biarritz hindurchfahren, können Sie es sehen.

Er öffnet das Tor und erklimmt, vier Stufen auf einmal nehmend, die Treppe.

Die Tür ist geöffnet, er braucht sie nur aufzustoßen. Vielleicht wartet sie noch auf ihn.

Die Gewissheit, noch einmal zu dürfen, lässt sein Herz höher schlagen. Dann sieht er den unberührten Staub und darin die sichtbaren Spuren seiner Schritte.

Es gibt keine Bewohner. Das Haus ist verlassen und leer.

In dem Zimmer steht weder ein Bett noch ein Sessel.

Doch in einer Ecke erblickt er ein zusammengerolltes Stück Stoff. Er tritt näher und erkennt das Bettlaken.

Er breitet es auf dem Boden aus: Als wäre es ein Grabtuch, prangen darauf die Stigmen einer blutigen Nacht.

Er erinnert sich nicht. Er will sich nicht erinnern.

Da war sein Glied, blutüberströmt.

Da war diese nackte Frau, auch sie blutüberströmt, diese Frau, die nicht schrie, sondern ihn schweigend ansah, während sie Schritt für Schritt zur Brüstung zurückwich, in ihrem braunen, samtigen Blick die Ergebenheit des Tiers, das seinem Tod entgegensieht.

Sie war zurückgewichen, bis ihr Körper sich in Lendenhöhe über der Balkonbrüstung nach hinten bog. Jener Brüstung, deren altmodischer, manierierter Stil eines Seebads uns geradezu verfolgt und in krassem

Gegensatz zu der Ruhe und Gelassenheit steht, die das Opfer ausstrahlt.

Schweigen ist für einen Mörder etwas Unverzeihliches. Er deutet es als atavistische Ergebenheit in die Niedertracht des Mannes.

Er bedurfte nur eines Stoßes, und sie stürzte ins Leere.

Nicht ein Schrei war zu hören, nur ein lautes Klatschen, als der Körper auf dem Ozean zerschellte.

Niemand hat etwas gesehen, gehört oder bemerkt.

Nicht einmal den Leichnam der Frau.

Das war letzte Nacht.

Es war die letzte Nacht.